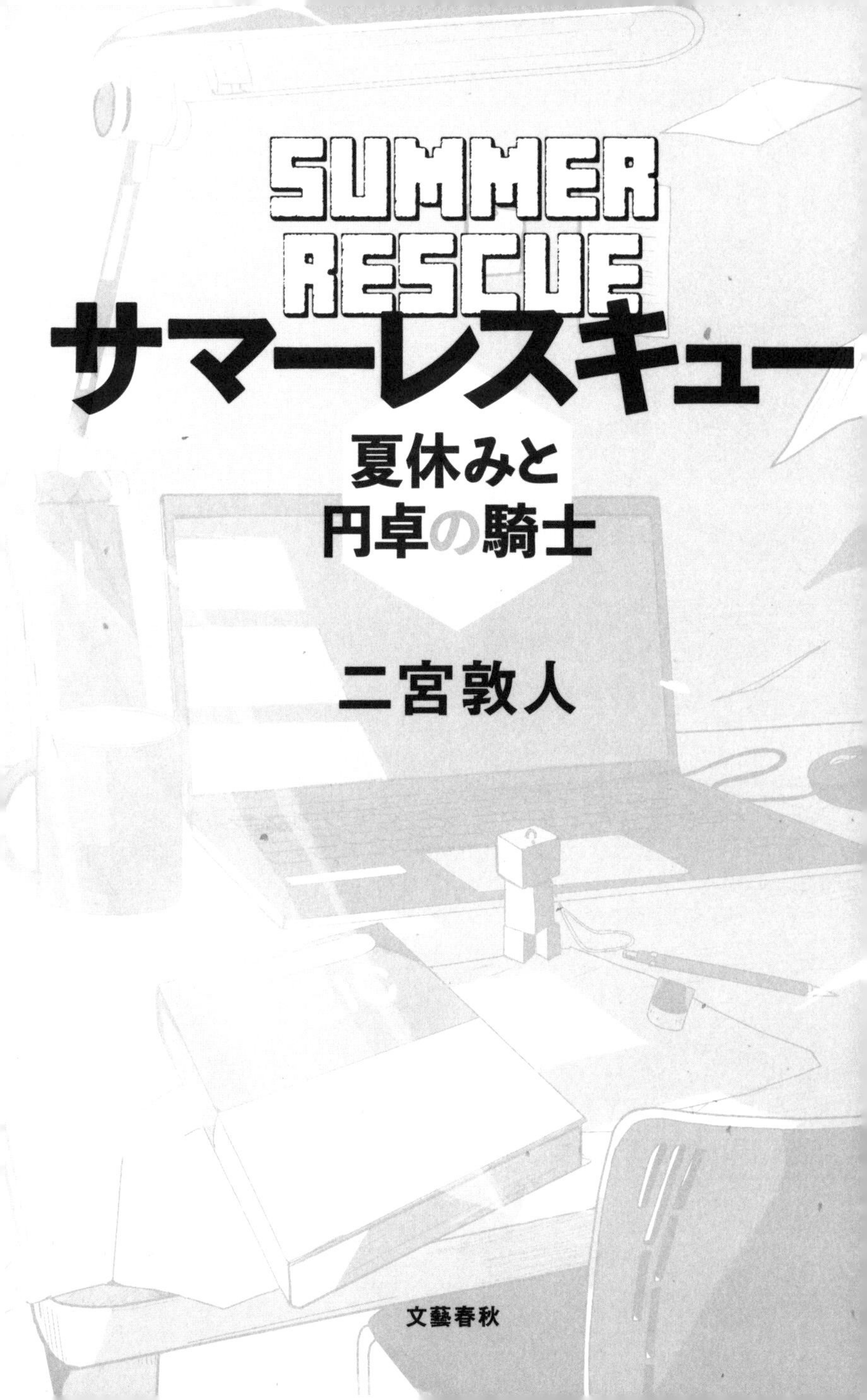

SUMMER RESCUE
サマーレスキュー
夏休みと円卓の騎士

二宮敦人

文藝春秋

サマーレスキュー

夏休みと円卓の騎士

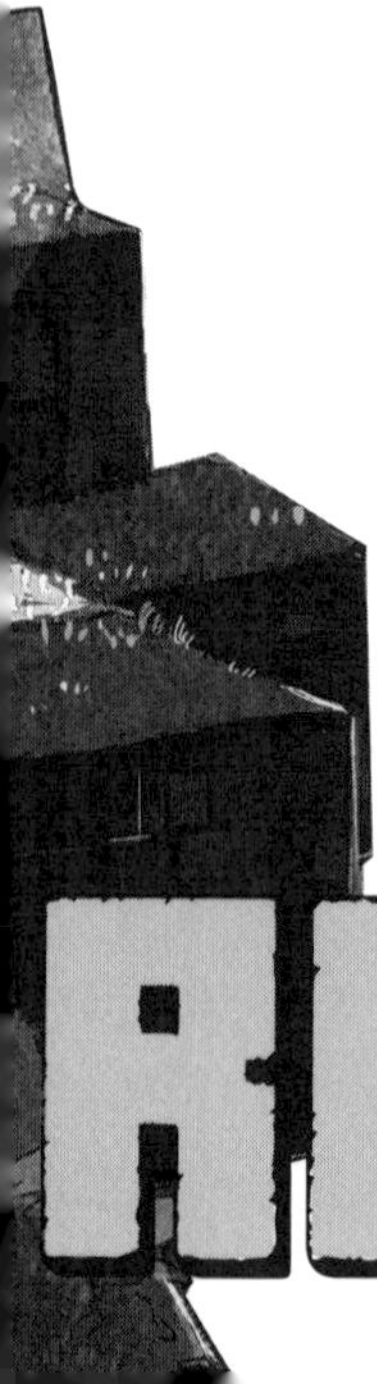

RESCUE

千香（ちか）

中学二年生。かつては〝ランドクラフト博士〟と呼ばれていたが、あることがきっかけでランドクラフトとは距離を置いている。夏休みは TOEIC の勉強をがんばろうと思っていたが……。

巧己（たくみ）

千香と祥一のクラスメイトであり幼馴染。祥一とともに、ランドクラフトの中で 10 億円相当の「ログレスの財宝」を探すが、その冒険の最中祥一が行方不明に。千香に助けを求める。

祥一（しょういち）

ランドクラフトの中でも現実でも行方不明に。好奇心旺盛で博識。行方不明になる前に、ランドクラフト内に、「ログレス王国探検記　～ゲームの中にできた国～」という手記を残した。

これがゲームだなんて、信じられない！

どこまでも続く草原。ところどころに緑の森。そよ風の中、蝶が飛んでいる。青空には大きな入道雲が浮かび、太陽が輝いている。パソコンのディスプレイの中にもう一つの世界があるみたい。

——前に進むにはここを押すんだよ。

すぐ後ろから優しい声がする。千香《ちか》がいるのは、大好きなおじいちゃんの膝の上。

言われた通りキーボードを押し、千香はゲームの中で走り出した。遮《さえぎ》るものは何もない。どこまでも走っていける。やがて川に行き着いた。青くて澄んでいて、魚が跳ねている。浅いので、渡っていけた。その先には花畑が広がっていて、遥《はる》かかなたに山々がそびえ立っている。

次々と変わる景色に、千香は夢中でキーを押し込み続けた。

急な坂道を軽々と駆け上がり、あっという間に山頂に辿《たど》り着いてしまう。すぐ横では洞窟がぽっかりと口を開けている。おそるおそる覗いてみたが、中はどれだけ広いのか見当もつかない。ただ闇だけが広がっていて、こおんと何かが反響する音がした。

千香は再び走り出す。崖を下り、薄暗いジャングルを突き進むと、目の前が開けた。砂漠だ。ざくざくと砂を踏む、小気味のいい音。熱気に霞《かす》むピラミッド。まだまだ千香は走る、どんどん走る。行く手に海が広がっていた。どぼん、とそのまま飛び込んで、揺らめく海藻たちをかき分けて、泳いでいく。色とりどりの魚たちも一緒だ。たっぷり泳いで浮かび上がろうとすると、何かに頭をぶつけた。何かと思うと氷の塊《かたまり》だ。

――流氷だね。

何とか隙間を見つけて這い上がってみると、そこは一面の銀世界。雪のちらほら降る中を、ひとりぼっちで歩いていく。

――どこまで続いてるの？

そう千香が聞くと、祖父が答えてくれた。

――どこまでも。ここは地球より広いんだよ。

千香は息を呑んだ。ますます、信じられない。

――あのドーナツ型の湖も、ぼこぼこゆだった溶岩を吐き出している火山も、ちかちゃんが第一発見者なんだよ。

あたりを見回してみる。

これまで誰も見たことがないもの。これからも誰も見ないかもしれないもの。全部、独り占めしているのだ。

なんて凄いんだろう。ねえ、おじいちゃん！

千香は振り返った。

おじいちゃんの顔に、白く薄い霧《きり》がかかっている。

急に胸が切なくなってきた。何か言うことがあったはずだった。おじいちゃんがまだいるうちに、伝えなくてはならないことが。しかし口が動かない。息ができない。焦れば焦るほど、声が出ない。

ふいに霧が晴れた。おじいちゃんの表情がはっきり見える。驚《おどろ》いたように口を開け、そのまま悲しそうに微笑《ほほえ》むと、ろうそくの火のようにふっ、と消えてしまった。

待って。まだ、いかないで。差し出した手が虚《むな》しく空を切る。そのまま千香は暗闇に投げ出されてしまう――


ベッドの上で目覚めたとき、千香の頬は少し濡《ぬ》れていた。

悲しい夢を見た気がする。

まぶたを擦《こす》りながら起き上がった。

すでに外では元気よく蟬《せみ》が鳴いている。カーテンを開けると、まるでオレンジジュースのように濃い日光が部屋に飛び込んできた。今日も暑くなりそう。

千香は壁のカレンダーを睨《にら》む。八月のＴＯＥＩＣテストの日程が、じりじりと近づいている。計画では中学二年生のうちに四百点を取り、卒業までに五百点を目指すということになっていた。前回は三百点と少しでさんざんだったから、今度こそ。

机に向かい、参考書を開く。シャープペンシルを握ってノートをめくったところで、ページが残り少ないのに気がついた。予備を探して押し入れを開けたが、見あたらない。切らしちゃったのかな。せっかくやる気になってるのに。一冊くらいどこかにないの。奥の方、本や玩具《おもちゃ》がごちゃごちゃに絡み合っているところに腕を突っ込み、しゃにむに漁《あさ》る。と、小さなものが転がり出し、足元に落ちた。何かと拾い上げると、ちりんと鎖が鳴る。褪《あ》せた緑色のキーホルダーを握ったまま、千香はしばらく動けなくなってしまった。

これ、「クリッパー」だ。

四角い頭に四角い胴体、短い足。全身に緑の蔦《つた》が絡みついたような姿で、目と口のところにだけ暗い穴が開いている。

クリッパーは、「ランドクラフト」というゲームに出てくるモンスターだ。れっきとした敵キャラクターで、こっそり近づいてきては自爆攻撃を仕掛けてくるという凶悪極まりない相手である。だが、こちらを見失ってきょろきょろしていたり、池にはまっておろおろしていたりと、どこかユーモラスで可愛らしい、ゲームのマスコット的存在でもあった。

祖父にキーホルダーを買ってもらった時、千香は嬉しくて嬉しくて、その日のうちに幼稚園の鞄《かばん》に取り付けた。夜は鞄を枕元に置き、キーホルダーを握りしめて眠った。小学校に上がると、今度はランドセルにくくりつけた。チェーンが壊れたら紐に取り換え、その紐もほつれたら頑丈な鎖に取り換えて、大切に使い続けてきた。

鍵もないのにキーホルダーは大事にするんだね、なんて言われるたび、千香は心の中で言い返したものだ。

ううん、これが鍵なんだよ。

キーホルダーは、ゲームと現実とを繋ぐ鍵。いつだって、ぎゅっと握れば感じられるんだ。あの青空と草原、海や砂漠や洞窟《どうくつ》、暗がりにひそむ敵キャラクター。どこまでも広がる、もう一つの世界がありありと目に浮かんでくる——

「昔の私、アホ！」

千香は叫んで、キーホルダーをゴミ箱に放り込んだ。

恥ずかしいやら情けないやらで、顔が赤くなってくる。

「おバカ！　ゲームおバカ」

小学生の頃の自分を叱りつけたい。

「そんな暇があったら、英語でも勉強したらいいのに。きっと今が楽だったのに」

ひとしきり暴れてから溜め息をつき、ふたたび参考書に目を落とした。

幼稚園から小学校の四年生まで、千香はランドクラフトに夢中だった。

なるほど確かに、このゲームは凄いしろものであった。

全世界の売上本数は、なんと三億本。世界一売れたゲームソフトとしてギネス記録にもなっている。日本でも大人気で、ユーチューバーが取り扱ったり、映画になったり小説が作られたり、一部の学校では教材として使われたりもしている。

千香にとってランドクラフトの魅力は、ゲームの中に自分だけの世界が作られるところだった。それも、先に進むにつれて、無限に自動生成されていくのである。かつて祖父が言った通り、どこまでも――ただ、果てはある。プログラム上の都合で、スタート地点から三万キロほど直進するとゲームが正しく動かなくなってしまうのだ。つまり実際に遊べる世界の広さを計算すると、だいたい三十六億平方キロメートルとなる。

　これは表面積で考えると、地球七つ分と少しだ。

　広いだけではない。この世界で、思いっきり遊べる。走り回ったり飛び跳ねたりはもちろん、木を切って家を建てたり、山にトンネルを通したり、友達と一緒に秘密基地を作ったりできるのだ。

　秘密は、世界が全てブロックでできていること。山も森も岩も、四角い立方体のブロックの塊なのだ（だから実は、見た目はけっこうカクカクした世界である）。たとえばプレイヤーが地面をぐりぐりと掘ると、ポンと穴が開き、土ブロックが手に入る。木を斧で切れば木ブロックに、石をつるはしで叩けば石ブロックに変わる。集めたブロックをアイテムとして持ち歩き、積み上げて土の家を建てたり、石作りの橋を作ったりと、ブロック遊びのように建築ができる。そうして作った城に住んだり、友達の城に遊びに行ったり、あるいは攻め込んだり。想像力しだいで遊び方は無限だ。

　ブロック遊びやごっこ遊びが好きな子供はもちろん、大人であっても、このゲームに熱中する人は少なくない。

　ずっと夢の中にいられたら、良かったのにな。

千香はゴミ箱にちらりと目をやる。端っこにキーホルダーの鎖が引っかかっている。だけど、もうゲームは卒業。人生で大事なことに、時間を使わなくちゃ。夏休みが始まる。おじいちゃんが亡くなってから、五回目の夏だ。

1

〈大変だ。祥一《しょういち》が失踪した！〉

朝から勉強を始めて少し経った時だった。突然、巧己《たくみ》からＬＩＮＥのメッセージが飛んできた。

〈祥一って、あの祥一？〉

〈そう、他にいないだろ。たぶんあいつ、まずいことに巻き込まれてる。手を貸してくれ。これから家、行ってもいいかな〉

巧己と祥一は千香のクラスメイトである。いや、小学校からの幼馴染と言った方がいいかもしれない。

しかし、よく遊んだのは昔の話。最近はむしろちょっと疎遠だったから、千香は首を傾げた。

〈いいけど、一体何があったの。本当だとしたら事件だよ、それ。私なんかより、警察や先生を頼った方がいいと思う〉

巧己からの返事は〈直接話す〉だけ。

とても勉強するような気分ではなくなってしまった。筆記用具をいじったり、参考書をぱらぱらめくったりしていると、外に自転車が止まる気配がして、インターホンが鳴った。母が応対する声。千香は立ち上がった。

「千香ーっ。巧己君、来たよーっ」

「うん、わかってる」

巧己がうちに来るなんて久しぶりだ。二人きりで話すのだって、中学生になって初めてかもしれない。緊張してきた。見られて困るものがありはしないかと、部屋を軽く見回す。まあまあ綺麗に片付いている。

足音が階段を上ってくる。

どんな顔で会ったらいいのだろう。心臓の鼓動が速くなっていく。

「おっす！　暑いな」

「あ……そうだね」

爽《さわ》やかに笑って現れた巧己の目を、千香はまっすぐに見られない。

「あの、その辺に好きに座って」

「わかった」

巧己はすらりと長い足を邪魔そうに折りたたみ、腰を下ろす。

改めて見ると、背が高い。顔つきも精悍《せいかん》だ。昔は千香より走るのが遅かったくせに、今や学年で一、二を争うスポーツマンで、男女問わず人気がある。

私とは違って。

「一体何があったの」

引け目を感じているのを悟られたくなくて、千香はさりげなく聞いた。

「それなんだけどさ、祥一のやつ、家からいなくなっちゃったんだよ。連絡も取れない」

巧己は真剣な顔だ。

「LINEでも言ったけど、警察とかに……」

「警察には行ったんだ。ほらすぐそこの、大通り沿いの派出所。でもダメ、話にならない。たまたま留守にしてるだけじゃないのとか、ご両親を連れてきて説明してほしいとか……年配の警察官は『イタズラとか、ごっこ遊びじゃないよねえ?』とまで言う。中二にもなってそんなこと、するかってんだ。ああ、こうしている間も祥一がピンチかもしれないのに!」

巧己は頭を抱えて叫ぶと、大きく息を吐いて項垂《うなだ》れた。

「責任を感じてるんだ。もとはといえば、あいつを巻き込んだのは俺だからさ」

「落ち着いて。まずは私に、一から説明してみてよ」

「ああ」

巧己は声をひそめ、顔を近づけた。

「俺たち、宝探しをしてたんだ。ログレス王国、知らない?」

思わずぽかんと口が開いた。

「そんな国、あったっけ」

千香は首をひねる。地理や世界史には疎いのである。

「ちょっと前からインターネットで話題になってるんだよ。ログレス王国の隠し財産は、日本円で十億円にもなるって。俺、この夏休みに見つけてやろうと思ってさ。ただ、一人じゃ何から手をつけたものかわからない。そこで祥一を誘ったんだ。ほら、あいつ、調べものとか得意だから」

「宝探しって、こう、シャベルで掘ったりするの?」

「いや、まずは隠し場所を突き止めないと。古い文献を調べたり、聞き込みをしてね。祥一が凄く張り切ってくれてさ」

「そういうの好きそうだね、彼は」

「あいつ、一人暮らしだろ。夏休みに入ってすぐ、祥一の家に泊まり込んで作業してたんだ。俺たち、いい線まで行ったんだよ。ログレスの王様が宝を隠したという城の、大体の位置を突き止めたんだ。アーサーの居城、キャメロット城だよ!」

何だかだんだん、怪しい話になっていないか。

いぶかしむ千香をよそに、巧己は熱をこめて語る。

「ただ、そこまでの道のりが厳しい。ライバルもいるんだ。中でもモードレッド一味という札付きの悪党は、宝を独り占めするためならどんな汚い手も使うって言われてる。俺たち、奴らに目をつけられてね、何度か襲われたんだ。ランスロット軍団がパトロールを強化しているらしいけど、手が回らないみたい。手詰まりになって、いったん様子を見るってことにした。その間に俺はじいちゃんの家に帰省して……帰ってきたら、祥一がいなくなってたんだよ。あいつきっと、一人で……」

慌てて千香は話に割って入る。

「ちょっと待って。これ、作り話じゃないよね？」

「俺は大真面目だよ」

まじまじとその顔を見つめる。

「荒唐無稽《こうとうむけい》っていうか。警察で相手にしてもらえないの、無理ないよ。マンガやアニメの話みたいだもの」

「だけど、千香ならわかってくれるだろ」

「どういう意味」

「最初に言うべきだったかもしれないけど」

巧己が声を潜める。

「これ、ゲームなんだよ。十億円の財宝も、ログレス王国もキャメロット城も、全部ランドクラフトの中にあるんだ」

「ええっ？」

思わず、すっとんきょうな声が出てしまった。

大きく息を吸って、吐いて。深呼吸を三回したら少し気持ちが落ち着いた。鼻の奥に芳香剤の匂いが残っている。何もトイレにまで来なくても良かった。

「お帰り」

千香が部屋に戻ると、巧己が大きく足を開いてくつろいでいた。

「ただいま」

腰を下ろし、一つ唾《つば》を呑《の》み込んでから、おずおずと切り出した。

「巧己も祥一も、とっくにランドクラフトに興味なくしたんだと思ってたよ」

「そういえば、小学生の頃はあんなに遊んでたのに、いつの間にか触らなくなったな」

やらなくなった日を、千香ははっきりと覚えている。忘れたくても忘れられない。だが、口にはしない。

「だけど俺、久しぶりにプレイして、やっぱり面白いゲームだと思ったよ。祥一なんて何日も徹夜してたからね」

千香は首を横に振った。

「わざわざ来てくれたのに悪いんだけど、私はもう、ゲームは卒業したの」

きょとんとする巧己。

「ソフトはとっくにパソコンから消しちゃったし、この頃はパソコンに触れてもいないんだ」

「嘘だろ。千香と言えばゲームじゃないの」

「失礼だなあ。今は英語を頑張ってるんだよ。ほら、ＴＯＥＩＣ、八月のテストを受けるつもりなの」

千香は参考書を掲《かか》げてみせる。

「英語なんて、何が面白いんだ？」

「別に面白くはないけど、ゲームと違って将来に役立つから」

「まあそうだけど」

巧己は少し困ったように頭を掻《か》く。

「勉強の邪魔するつもりはないんだ。けど千香、祥一を助けなきゃ」

「よくわからないんだけど、結局はゲームでしょう？」

「ゲームだけど危険なんだよ、嘘じゃない」

巧己は千香の顔を覗き込んだ。

「いつか千香が言ってたような、『もう一つの世界』だよ」

そっぽを向こうとした千香の前に、巧己の手が突き出された。そこにあったのは、あのクリッパーのキーホルダーだ。

「どうして、これ」

「そこのゴミ箱に引っかかってた。これ、千香の宝物だろ？」

捨てるつもりだったとも言えず、千香はしぶしぶ受け取った。

「ありがとう」

「大人じゃわかってくれない。ゲームに詳しくて、信用できる友達は、千香しか思いつかなかった。頼むよ」

そこまで言われると、さすがに断りづらい。

「わかった」

千香は頷き、立ち上がってリュックサックを取る。

「今日だけだからね。もし、これで冗談や遊びだったら、許さないから」

ぱっと巧己が笑顔になる。

「ありがとう、千香。じゃあ早速、祥一の家に行こう」

「ちょっと待って、用意するから」

千香はリュックサックに財布とスマートフォン、それから念のために参考書を放りこむ。一緒に中に入ってしまったキーホルダーを見て一瞬迷い、結局そのままジッパーを閉めた。

玄関の扉を開けると、外は夏真っ盛りだった。

ぎらぎらと輝く太陽。地面から立ち上る、濃密な熱気。降り注ぐ蝉しぐれ。あっという間に体中に汗が噴き出してくる。

「あら、遊びに行くの？」

靴紐を結びなおしている千香に、台所から母が声をかけた。

「ちょっと用があって、出かけてくる」

「どもっす、お邪魔しました」

ぺこりと頭を下げる巧己にちらと視線をやってから、母はそっと千香に耳打ちした。

「千香、試験は当日まで緊張感を途切れさせちゃだめなのよ」

「うん。用が済んだらすぐに帰るよ」

徐々に母の声のトーンは上がっていく。

「本番で結果を出して、初めて勉強したと言えるんだからね。息抜きや遊びは、後でいくらでもできるってこと、くれぐれも忘れないように」

「わかってるってば」

千香は差し出された麦わら帽子をかぶり、「行ってきます」と叫ぶ。

「気を付けて」と手を振る母の姿が、ドアの向こうに消えた。

巧己は自転車のキーを外しながら、ため息をつく。

「相変わらず、おっかない母ちゃんだな」

「一人娘だから、すぐ心配するの」

「うちなんか、ほぼ放任だけどなあ」

巧己は自転車にまたがると、顎《あご》で促《うなが》した。

「乗って」

「え？」

思わず自分の服を確かめた。今日はスカートじゃなくてショートパンツ。乗れるけど。

「何照れてんだ？　昔、よく二人乗りしただろ」

「照れてないもん」

おっかなびっくり荷台に腰を下ろす。たくましい背中がすぐ目の前に広がり、ほんのり太陽のような匂いがした。

「私、重くなったからね」

「おし、蹴って」

地面を押して、足を離す。巧己が力強くペダルを踏むと、自転車はみるみるうちに加速した。街路樹が後ろにすっ飛んでいく。やがて大通りに出ると、一気に坂を駆け降りる。風が気持ちいい。

「全然、軽いよ」

そう言った巧己のシャツは、汗だくだった。

十分ほど二人乗りしていただろうか。さほど新しくはないけれど、作りはしっかりとしたマンションの駐輪場に、巧己は自転車を止めた。外壁の補修工事をしているらしく、側面には足場が組まれている。薄暗いエントランスに入ると、あたりの空気が急にひんやりした。

「いいとこだね」

「普通に家族で住むような物件だもんな。千香はここ来るの初めて？」

「うん、一戸建ての時にしか遊びに行ったことない。今は祥一のご両親、外国で仕事してるんだっけ」

「ドイツで音楽ホール作ってるとか聞いたよ」

エレベーターで五階まで上がり、二人は廊下を歩いていく。奥の角部屋を巧己が指さした。

「あの部屋だ」

「電気はついてないね」

「これで普通に帰ってたら、全て解決なんだけど」

何度かインターホンを鳴らしたが、室内で人が動く気配はない。

「やっぱりだめか」

巧己は身を屈め、足元の小さな扉を開いた。中にはガスメーター。その裏側に紐で何かが括《くく》りつけられていた。

「こいつを使おう」

取り出した合鍵を鍵穴に差し込み、扉を開けた。

中は薄暗い。家具のものだろう、木の匂いがする。巧己の後に続き、千香も靴を脱いで家に上がった。

「おーい、祥一」

入ってすぐ右手にキッチン。左手にお風呂とトイレがあり、奥には部屋が二つ。片方が寝室で、もう片方が勉強部屋兼居間のようだ。なかなか贅沢な間取りである。

二人で手分けして電気をつけ、黒いカーテンを開けて回った。

「千香、そっちにもいない？」

「うん」

ベッドのシーツはきちんと整えられているし、流しに洗い物も溜まっていない。服はたたまれ、お風呂やトイレはぴかぴか。モノトーンで統一された室内は、よく掃除されていた。

「玄関に靴はないぞ」

「財布や鞄も見当たらないね」

二人は自然と居間に集まった。壁際には難しそうなタイトルの本が詰まった棚。隅には黒い勉強机にデスクトップ型パソコンが一つ、そばのダイニングテーブルにノートパソコンが一つ、置かれていた。

「ここで一緒に宝探しをしてたんだ。これ、俺のパソコン。姉貴のお下がりだけど」

ノートパソコンを指さして巧己が言う。表面に「TAKUMI」とステッカーが貼られている。ということは、こっちのデスクトップ型が祥一のパソコンだろう。よく見ると、机の脇に紙束が積まれている。レポート用紙をホッチキスで留めたもののようだ。表紙には、こんなタイトルが書かれていた。

「神聖ローマ帝国とは　～宗教と国家の融合および矛盾～」

一束取ると、次のタイトルが顔を出す。

「アメリカ合衆国の趨勢　～大量生産の覇者～」

「ソビエト連邦研究　～社会主義の理想と現実～」

中にはびっしりと小さな文字が並んでいる。

「これ、祥一が書いたんだ」

「すごいよな。昔から歴史が好きなやつだったけど。同い年とは思えないよ」

ほんと、かなわない。軽く息を吐いて紙を元に戻した時、キーボードの上にも紙束があることに気が付いた。そのタイトルを千香は読み上げる。

「ログレス王国探検記　～ゲームの中にできた国～」

「何だって」

ひょい、と横から巧己も覗き込んできた。千香は表紙をめくる。祥一の字がびっしりと並んでいる。

「こんなの作ってるなんて俺、聞いてないぞ」

「読んでみよう。何か手掛かりがあるかも」

二人で頷き、文字列を少しずつ、追い始めた。

2

まえがき
アマチュア歴史研究家のこの私、syo1の七番目の歴史レポートが、まさかゲームの話になろうとは！　自分が一番驚いているというのが、正直なところだ。
しかし、友人に誘われて足を踏み入れて以来、私はとあるランドクラフトのワールドに夢中になってしまった。十億円相当の宝が眠っているということ以上に、ここは面白い。
その魅力について書き記したい、みなに知ってほしいという思いが日増しに募り、ついにこうして筆を執《と》った次第である。

「祥一、筆が乗ってるね」

千香が微笑むと、巧己もしみじみと頷いた。

「だけどこれ、未完成みたいだな」

巧己の言う通り、原稿にはあちこち訂正のマークがある。厚みも他のレポートに比べると薄く、ホチキス留めもされていない。

「まだ書いている途中なんだろうね」

二人は続きに目を通す。


ランドクラフトというと、子供向けのゲームと考えている人も多いだろう。私自身もそうだった。昔はよく遊んだものである。友人の祖父が作ってくれたワールドに、クラスの仲間と入り浸《びた》り、大きな城を建築していた。私は道路大臣という役回りで、ひたすら道ばかり組み立てていた記憶がある。

そうだったね、と千香は独《ひと》り言《ご》ちる。「千香が王様で、俺は探検大臣だったな。モンスターと戦ってばかりいた」と巧己も呟《つぶや》いた。

しかし今回題材とするワールドは、そんな微笑ましい世界ではない。

ワールド名は、２Ｂ２Ｄ《ツービーツーディー》。トウ、バトル、トウ、デストロイ……「戦いと破壊のために」というその名前から推測できるかもしれないが、異常に殺伐《さつばつ》としたワールドである。

２Ｂ２Ｄはとあるプレイヤーによって、十年前に作られた。

初めのうちは創始者も遊んでいたようだが、ほどなくして飽きてしまい、ほとんど表に出てこなくなったらしい。それでも世界中のパソコンからプレイヤーがこのワールドにログインし、遊び続けている。その同時接続数はなんと常時数百人、時期によっては何千人にもなるという。

人気の理由は、創始された時から現在まで一貫している、たった一つのワールドルールにあるといえよう。

それは「無法」だ。

そう、ルールがないのがルールである。

大抵のワールドでは、楽しく遊ぶためにルールを設ける。私が昔、友人と遊んでいた時も、「むやみに他のプレイヤーを攻撃しない」「他人の作ったものを勝手に壊さない」などのルールを作り、お互いに守っていた。インターネット越しに不特定多数のプレイヤーが集まるワールドでは、よりルールが必要になるだろう。

しかし2B2Dにはそれがない。逆に何をしてもいい、と公言されているのだ。

他のプレイヤーにいきなり殴りかかろうが、勢い余って殺そうが、そこかしこに爆弾を仕掛けて街を破壊しようが、自由だ。誹謗中傷を書き込む、詐欺《さぎ》の勧誘をする、誰かの個人情報をばらまくなんてのは、些細なこと。ゲームを改造して、自分の攻撃力だけを一万倍に高めるチートを使ってもいい。メッセージでコンピュータウイルスを送りつけて、他人のパソコンを乗っ取ったっていい。

ここでは獣に戻っていいのである。

ただ、それは全員にあてはまる。己も獣なら、他も獣。誰かに攻撃される危険がつきまとうと知った上で、なおもこのワールドへのログインを望むのが、2B2Dの住人たちなのだ。

かつてホッブズという哲学者が、人間を好き勝手にさせておけば、その行きつく果ては「万人の万人に対する闘争」だと考えた。野蛮で不毛な殺し合いを避けるために、社会が必要で、法律が必要なのだと説いた。

2B2Dは社会も法律もないまま闘争だけが続いている、まさにホッブズが表現した通りの場所である。そんな状態が十年続いたら、一体どうなるのか？　私にはゲームの形を借りた社会実験にすら思えてくる。

もちろん、ゲームは現実とは違う。しょせんは遊び、という考え方もできる。しかし何らかのリアルもまた、そこにあるはずだ。殺しても生き返るからこそ真の残虐《ざんぎゃく》性が、いくら裏切っても構わないからこそ友情の本質が、アイテムが豊富に手に入るからこそ真の望みが、あぶり出されるのではないだろうか。


祥一の熱意によるものだろうか。少しずつ内容に引き込まれている自分を感じながら、千香はページをめくった。


そのリアルの一つが、ログレスの財宝である。これはもはや、ゲームが現実を超越してしまった例と言ってもいい。

順を追って説明しよう。

一年ほど前、とあるプレイヤーが森を爆弾で焼き払って遊んでいたのが、騒動の幕開けだった（2B2Dでは、そういう変わった遊び方をするプレイヤーは少なくない）。かなりの範囲を焼き尽くし、満足して高台から見下ろしたときだった。彼は思いがけず、英語のメッセージが大地に刻まれているのを発見したのである。

『在りし日の栄光を求めるなら、我が城を探せ。宝は全てそこに隠した。友よ、魂《たましい》はいつも共にある、アーサー』

風雪に耐える黒曜石《こくようせき》ブロックを、巧妙に土ブロックの中に埋め込んで作られた、地上絵のようなメッセージであった。

何のこっちゃ？　と思いつつ、彼はこのメッセージを友人に伝えた。誰かが手間暇かけて作ったイタズラとして、笑い話にでもするつもりだったのだろう。しかし話を聞いた友人には、宝の心当たりがあった。

その友人は盗掘屋だった。

あちこちを旅して廃屋《はいおく》を見つけ、中を漁り、アイテムを盗み出す。ダイヤモンドの鎧など、強力なアイテムが見つかればしめたもの。早く強くなりたい初心者たちに売りつけ、稼ぐのだ。

ＲＭＴ《リアルマネートレード》と言って、彼は現金でアイテムをさばいていた。インターネット上には、ゲームアイテムの取引サイトがある。そこにダイヤモンドの鎧《よろい》売ります、二ドル、などと掲載する。買い手から連絡が入れば口座に代金を振りこんでもらい、ゲームの中でアイテムを渡すという仕組みだ。

たいていは数百円にしかならないが、時々、一万円でも売れるものがあった。試しにオークション形式で販売してみると、欲しがる人が殺到し、五万円もの値がついた。

思わず購入者に聞いた。

「それは一体どういうアイテムなんだ？　ただの剣じゃないか」

購入者は親切にも教えてくれた。

「チートアイテムだよ。通常の数千倍の威力がある。こいつを持たないことには、ライバルのチームと勝負にならねえんだ」

「プログラムをいじって、本来はありえないような剣を生み出したってことか。何も現金で買わなくても、また作ればいいじゃないか」

「わかってねえな、こいつはアーサーが作った剣だぜ。ログレス王国の正規兵に支給されたものだ。サーバー側で対策されちまったから、もはや誰にも作れねえんだよ。どこかに仕舞い込まれていたものを見つけてくるしかない。当然、年々数が減っていく。この頃じゃほとんど出回らねえ。俺たち戦闘マニアにとっちゃ、金で手に入るなら安いもんさ」

「何だ、そのログレス王国って」

「お前、新参だな」

見下されながらも、しつこく聞くと教えてもらえた。

「昔、あったんだよ。ログレス王国っていう、でっかいチームが。幹部はそれぞれチートの使い手でよ、そのリーダーがアーサーだ。チートの剣をそれこそ何万本も作って仲間に配ってたもんだから、めちゃくちゃ強くて、一時期はワールドをほとんど支配してた。いつのまにか、消えちまったがな」

「そんなに強かったのに、どうしていなくなったんだ」

「知らねえよ。ゲームに飽きたんじゃねえか。ただ、大量に作ったアイテムを、どっかに隠していったって噂があってな。またこの剣が見つかったら教えてくれ、まとめ買いさせてもらうからよ……」

まあ、そんな会話があったかどうかは私の推測に過ぎないが、とにかく盗掘屋はすぐにピンと来た。

この地上絵メッセージは、アーサーが残した宝のヒントだと。

盗掘屋たちは、自分たちだけでこっそり、宝を探そうとしたかもしれない。が、そうはいかなかった。あっというまに噂が広がってしまったからである。

アーサーがおそらく、再起のために残した蓄え。とあるフランスの有名ゲームブロガーは、往年のログレスの兵力から鑑《かんが》みて、少なくともチートの剣が二万本は見込めるだろうと試算した。

これに2B2D内は大騒ぎ。猫も杓子《しゃくし》も、宝を探し始めた。

宝を独占できれば、ライバルチームを倒すどころか、ワールドを支配すらできるだろう。自分だけが核兵器を持つようなもの。

さらに、剣には一本五万円という取引実績もある。価格の暴落を考慮せず、単純計算すれば十億円だ。

四千円ほどで買えるゲームの中に、なぜか十億円が眠っているという不思議。これがユーチューバーやネットニュースに取り上げられると、野次馬や一攫千金《いっかくせんきん》を狙う者が群《むら》がり、新規プレイヤーが大量発生した。そんな初心者たちを狩って回るプレイヤーキラーも大忙し。中でも最悪の無法者集団、モードレッド一味はライバルを少しでも減らそうと、手段を選ばずプレイヤーを虐殺し始めた。そんな悪党の好きにはさせないと立ち上がったのが、ランスロット軍団。２Ｂ２Ｄでは珍しく、平和と秩序を重んじる彼らは、自警団を買って出て、パトロールを続けている。もともと二つのチームは小競り合いを繰り返していたのだが、宝騒動をきっかけについに全面戦争の火ぶたが切られたのである。

こうしてゲームの人気が増せば増すほど、アイテムを欲しがる者も増え、アイテムの価格が上がる。宝の価値も膨らむ一方。

単なるゲームの一ワールドに過ぎなかった2B2Dが、今やゴールドラッシュ、というわけである。

どうだろう。読者の皆さんもこの騒動の行く末が、気になってきたのではないだろうか。さて、ここまで説明しておいて何だが、私個人はそれほど宝に興味がない（私を誘ってくれた友人は別のようだが）。それよりも、そもそもの宝を隠したアーサーという人物、そして彼が率いていたログレスというチームの歴史に好奇心が湧く。

アーサーはどうやってログレスを作ったのか？　最強だったはずなのに、なぜ滅んでしまったのか？　アーサーと仲間たちは今どこで、何をしているのか？

夏休みを費《つい》やしてでも、知りたい。謎を解いてみたい。ああ、これを書いている今も、ワールドに行きたくてうずうずする！　友人よ、早く帰ってきてくれ。

七月二十八日　syo1

そこで文章は終わっていた。読み終わってからも、千香はしばらくそのままの姿勢で立ち尽くしていた。何だか底知れない世界を垣間《かいま》見たよう。

「この日付、俺が帰省した翌日だな。やっぱり祥一のやつ、焦《じ》れてたんだ」

「でも、行き先の手掛かりはなかったね」

巧己は頷く。

「やっぱり、ワールドに行くしかないな」

そう言ってパソコンのスイッチを二台とも入れた。

「え？」

慣れた様子でマウスを操作すると、ランドクラフトを起動させる。やがて見覚えのあるスタート画面が、ディスプレイに現れた。

「千香はアカウント、覚えてるよな」

「やっぱり私もやらなきゃいけないの」

「おいおい、そのために来てもらったんだから。危険なワールドだし、俺一人じゃ不安なんだよ」

「そう、かもしれないけど」

ランドクラフトの楽しげなスタート画面を前に、千香は背中を冷たい汗が流れるのを感じた。

もうやらないって決めたのに。私なんかがゲームをやっちゃ、いけないのに。

「千香、やけにゲームを嫌がってないか？」

巧己が不思議そうにする。

「そういうわけじゃないけど」

「なら頼むよ。祥一のためなんだ」

そうだ、自分が楽しむためじゃない。友達のためなんだから。

そう言い聞かせてやっと、千香の体は動いた。

「わかった、やるよ。祥一のパソコン借りるね」

千香はデスクトップパソコンの前に座ると、リュックサックを机にどんと載せた。キーボードを叩き、アカウント名とパスワードを入力する。

chika-chan。0312。

アカウント名の由来は名前。パスワードは誕生日。祖父に教えてもらいながら、初めてログインしたのは幼稚園の頃だった。それ以来、ずっと変えていない。

ボタンを押すと、一瞬の通信時間ののち、ログインが成功した。

「オッケー。じゃあ参加するワールドを2B2Dに設定するから、ちょっと貸して」

千香は場所を譲《ゆず》る。

「そういえば私、ランドクラフトでよそのワールドに行くの初めてかも」

「あ、そうなんだ。『おひさま王国』だけ？」

「うん」

おじいちゃんが作ってくれたあのワールドで、ずっと遊び続けていた。「おひさま王国」というちょっと恥ずかしいワールド名も、幼稚園の頃に決めたものだった。

「これでよし」

巧己がキーを押すと、画面が真っ暗になった。

「隅っこの方に15、って表示されてるけど、これは何」

「行列《キュー》待ち。今、2B2Dに入るために世界中で十四人が順番を待ってるわけ。俺たちはその最後尾に並んだとこだから、少し時間がかかるかな。でも、今日は少ない方だよ。キューが百人単位で、五時間くらい待つ日もあるから」

「そんなに？　ディズニーランドみたい」

「それだけ人気なんだよ。優先キューがあれば少し早く入れるけど、クレジットカードがないと買えないしな。ま、ジュースでも飲んで待とうぜ」

巧己はまるで自分の家にいるかのように、冷蔵庫からコーラのペットボトルを出してきて、コップと一緒に並べる。千香も一杯貰った。口の中に爽やかな甘味が広がり、ぱちぱち泡が弾ける。

「お」

巧己の声に画面を見ると、数字が5にまで減っていた。

「一気に減ったな、何人か諦めて行列から抜けたかも」

みるみるうちに数字は3になる。

「準備はいいか、千香」

「ねえ、ワールドに入ったらどうしたらいい」

「まずは現在地を伝え合って、合流を目指そう。物陰に隠れて、誰にも見つからないように」

「操作は普通のランドクラフトと同じだよね」

「そう、同じ。俺は1になった、先に行くわ」

巧己の画面がぱっと切り替わるのが見えた。すぐに千香の数字も1になり、アクセス中、と表示が出た。

もうすぐ画面が切り替わる。

ちりちりっと背中に電気が走るような期待感。

懐かしい。いつも、この感じを楽しんでた。パソコンの前に座る肉体から、魂だけが飛び出して、電子世界のキャラクターに憑依《ひょうい》する。ゲームの中のもう一つの世界に、飛び込んでいく。

画面の左下に、ハートマークが十個並んだ。ライフゲージだ。キャラクターが傷つくと減り、ゼロになると死んでしまう。死んだら持っているアイテムを全部その場に落とし、スタートゾーンからやり直しだ。ライフゲージの横に十個並んだお肉のマークは、空腹度ゲージ。時間と共に少しずつ減っていき、ゼロになると今度はライフが削られていく。餓死したくなかったら、腹ペコになる前にパンなどのアイテムを食べるしかない。

さらに所持アイテムを示すボックスが表示される。さあ、いよいよだ。世界がその姿を現す。

初めてランドクラフトをした時、千香は祖父の膝の上にいた。高鳴る胸を抑え、目を輝かせて画面を見つめていた。ぱっと目の前が明るくなった時、見渡す限りの青空と草原が広がっていて、歓声を上げた——

「えっ？」

眼前の光景に、千香は目を疑った。

青空も、草原も、どこにもない。

何、これ。

空は真っ暗。太陽がない。月や星も見えないから、夜というわけでもない。どうやら黒いブロックで、天がすっかり覆《おお》われているらしい。まるで空に蓋《ふた》をしたよう。そこかしこに小さな穴があり、微かに陽の光が漏れ出ている。

大地にあるのは櫛《くし》の歯のように何百何千と立ち並ぶ、先の尖った灰色の石塔ばかり。塔は遥か下の大地から生え、上空の黒い蓋を目指すように立ち並んでいる。その一本の中腹あたり、ほんの小さな足場に引っかかるようにして、千香のキャラクターは佇んでいるのだった。

足元を見下ろせば、まさに断崖絶壁《だんがいぜっぺき》。画面越しですら目が眩みそうだ。スタート地点にこんなに高い場所が割り当てられるなんて、かなり珍しい。

いや、違う……？

目を細めると視線の先、赤い糸のようなものがゆっくりと蠢《うごめ》いている。それが真っ赤に焼ける溶岩の川だと気づいて、千香の背に冷たいものが走った。

ここは本来、地表だったのだ。ただしあたりの土がすっかりえぐり取られて、深い地の底が露出してしまっている。そのせいで、高所にいるように感じるのだ。

千香はあたりを見回した。木はおろか、草一本すら生えていない。生命の気配がどこにも感じられない。

天の黒い蓋に開いた小さな穴から、水が一条、滝のように注いでいる。青い水が煌《きら》めきながら、マグマ渦巻く地底へとまっしぐらに落ちていく。

未知の惑星のような光景に、思わずごくんと唾を呑んだ。

「千香、どこにいる。現在地を教えてくれ」

巧己の声にはっと我に返る。

「ええと。何とも言えないところにいるんだけど。ここ、どこなの」

「F3キーを押して。座標が表示されるから」

出てきた数字を伝えると、巧己が頷いた。

「俺がそっちに向かう。隠れて待ってて」

「身を隠すところなんて、ないよ」

そう返した時だった。ふと遠くの石塔に、全身に青く輝く鎧を纏《まと》った人影が見えた。こちらに背を向けている。

「誰かいる」

巧己が顔をしかめる。

「まずいぞ。このワールドで他のプレイヤーに会ったら、ろくなことにならない。すぐ逃げろ！」

「逃げろって、どこに」

上がる場所もない、下りる場所もない。足元のブロックを一つずつ削っていけば下れそうだが、そんな時間はない。飛び降りたら当然、真っ逆さま。落下ダメージで死ぬ。

千香は咄嗟《とっさ》にしゃがむと、石ブロックの影に身をひそめた。隠れた、とは言い難い。ほんの少し見る角度を変えれば、たちまちバレてしまうような、危うい状態だ。

「お願い。気づかないで」

しばらくそのまま念じてから、千香はそっと顔を出し、向こうを覗いてみる。人影はすでになかった。ほっと胸を撫でおろし、ふと振り返ると。

そこに青い鎧がいた。

声も出せなかった。

足場のない空中に、当たり前のように浮かんでいる。どうして飛べるんだろう？　無表情な顔が、まっすぐこちらに向けられている。どこか満足げに首を傾げると、その場から動けない千香の周りをゆっくりと旋回《せんかい》し始めた。

目で追うのが精一杯の千香の前でふと、何かを懐《ふところ》から取り出した。

血まみれの釣り竿。

「もうすぐ着く。千香、大丈夫か？」

「わからない。何から説明したらいいか、わからない！」

青い鎧が竿を振るう。千香のキャラクターに釣り針が引っかかる。と、勢いよく引っ張られた。

「わっ、やめて、こら」

石塔から足を踏み外した。みるみるうちに、青い鎧が遠ざかっていく。画面の隅にチャットメッセージが表示された。相手が千香に話しかけてきたのだ。

〈悪意の掃《は》きだめ、２Ｂ２Ｄにようこそいらっしゃい、クソ野郎。お宝の噂を聞いてきたのかなあ？　死ね、バーカ！　おうちでママのおっぱいしゃぶってな！〉

自動翻訳機能で何とか日本語になっているが、元の文章はひどい俗語まみれだったと思われる。メッセージを読み終わるや否や、ゴキッ、という効果音が響き渡った。千香のキャラクターが後頭部をぶつけたのだ。十個のハートは一瞬にして空になり、画面が真っ赤に染まると、真ん中にでかでかと文字が現われる。

――あなたは死んでしまった。

豆粒のような大きさで空中に浮かんでいた青い鎧は、せせら笑うかのように二、三度釣り竿を振って見せると、どこかへ飛び去っていった。

「千香、やられたのか？　くそっ、初心者狩りだな」

答える気力もない。

ただ茫然《ぼうぜん》と、画面に現れた選択肢を見つめるばかりだった。復活するか、タイトル画面に戻るか。

「何、今の……」

「これが２Ｂ２Ｄなんだよ」

「何にもしてないのに、いきなりやられた」

「みんな、そういうことが大好きなのさ。俺や祥一も何度もキルされたよ」

千香は一度目を閉じて、頭を抱えた。それから深く溜め息をつき、画面に向き直る。まだ死亡メッセージが表示されている。無数の石塔も、滝も、漆黒《しっこく》の空も見える。

「この変な地形も、プレイヤーへの嫌がらせのために作られたらしい。祥一が言ってた」

「そのためだけに？　凄い労力を使って、あたりを壊して回ったの？」

巧己は無言で頷く。

「意味わかんない……」

そう口にしながら、千香は胸の奥に微かな高揚を感じていた。

祖父と初めてランドクラフトをした時と、全然違うようで、どこか似た感情。

全部、嫌がらせのためだけの、百パーセント悪意の産物。しかし立ち並ぶ石塔が、黒い空から降り注ぐ水と光に彩《いろど》られている様はどこか荘厳で、ある種の美しさすらある。

千香はごくんと唾を飲んだ。

なんか凄いぞ、ここ。

机の上でリュックサックの隙間から、クリッパーのキーホルダーがこちらを覗いていた。

3

「どうだ？　千香」

「今のところ誰にも見つかってない、はず」

僅《わず》かな足掛かりを頼りに、千香は石塔を降りていく。急いで、ただし落っこちないよう慎重に。

「おし、今回はいい感じだな」

「スタート地点がラッキーだったよ。うまいこと石塔が密集してるし、足場も辿りやすいもの」

スタート地点は、スタートゾーンと呼ばれる一定の範囲内からランダムで選ばれる。千香は何回も2B2Dに入り直し、そのたびに殺されたり落っこちて死んだりしつつも、めげずにトライを繰り返していた。今回は、何十回に一回といういい引きである。

「千香、現在地は？」

キーボードを操作して、画面に表示された数字を読み上げる。

「（−105，170）」

「オッケー。（−170，132）まで来られるか？　そこで待ち合わせよう」

「わかった」

千香は石塔から地面に飛び降り、岩やマグマだまりの中を走っていく。指定された座標の近くまで来ると、近くの岩に隠れ、そっと周りの様子を窺った。

すぐ目の前に、大きな岩の塊がある。無惨な姿だった。

表面が焦げ付き、小さな穴がいくつも空いていて、そこに水や溶岩が溜まっている。よく見ると屋根や窓らしき痕跡《こんせき》もあった。

ここで何が起きたのか、眺めているとだいたいの見当はつく。

たぶん、石作りの家があったのだろう。そこに悪意のあるプレイヤーがやってきて、上から溶岩を流し入れ、さらに水をぶっかけた。家は溶岩に焼かれ、その溶岩が水で冷やされて固まる。中に人がいれば焼き殺されるか、あるいは生き埋めというわけだ。

とんでもない所業だけど、似たような岩はあちこちに見てとれた。２Ｂ２Ｄでは、こんなのは日常茶飯事なのだろう。

突然響いた爆発音に、千香はびくっと身をすくめる。

プレイヤー同士が戦っているのだろうか。音は二、三回続いたのち、途絶えた。

千香はそっと隙間から覗いてみる。ほんの数十歩ほど先の地面に大きな穴ができていて、革鎧や石の剣といったアイテムがいくつか、無造作に散らばっていた。

「ああ。ここで……」

思わず目を伏せた。それは明らかに、プレイヤーが死んだ跡だった。ついさっきまで、生きていたのに。散らばっている遺品を集めて、墓標を立ててあげたいくらいだけれど、そんな余裕はない。

ごめんね。

千香は再び、岩陰に身を潜《ひそ》めた。

「ありゃたぶん、地雷にやられたな」

足元で石ブロックが一つ消え、穴が開いた。目を丸くしていると、色黒で短髪のキャラクターがにゅっと顔を出す。巧己だ。頭が四角、胴体も四角、手や足まで細長い四角のブロックでできた姿。頭の上には「gg-taku」とプレイヤー名が表示されている。

「用心しろよ。そこら中、意地の悪い罠だらけだから。さ、こっちだ」

千香は頷き、手招きされるままに穴に入る。洞窟のような空間が広がっていた。蠟燭《ろうそく》の明かりが一つ。天井は低く、狭苦しい。家具はアイテムをしまっておけるボックスと、ベッドと椅子が一つずつだけ。

「何ここ?」

「祥一と作った隠れ家だよ。敵に見つからないようにこの空間を作るだけでも、一週間近くかかったんだぜ」

入り口を元通りに塞いでから巧己は腰を下ろした。

「とにかく、合流できて良かったよ」

「うん。ここまで長かった」

二人でほっと息をついた。時計はもう、十二時を指している。

「そうそう、待ってる間に気づいたことがあるんだ」

巧己がキーボードをいくつか叩くと、表らしきものが画面に出た。

「プレイヤーリストだ。今、2B2Dにログインしているプレイヤーが一覧で見られる。右側の、真ん中あたり……」

「あ！」

思わず画面を指さした。そこには確かにsyo1というプレイヤー名がある。

「これ、祥一だよね」

「間違いない。祥一は今もどこかでゲームをしてるんだ」

「呼びかけてみようよ。ここからメッセージ、送れるでしょう」

「実は何度かやってみたけれど、反応がないんだよ」

「ない？　どういうこと」

「考えられるのは、そうだな。一、ゲームに夢中でメッセージを見ていない。二、メッセージは見ているけれど、返事はできない状態にある。三……ええと」

「祥一ではない他の誰かが、祥一のアカウントでログインしている……」

見つめ合う二人の間を、気味の悪い生暖かい風が、通り抜けていく。

「一であってほしいけど」

「だとすると、どうして家にいないのか、が謎なんだよな」

巧己は隠れ家の隅に置かれているボックスを開けた。

「こっちも見てくれ」

「何?」

「食料が減ってるんだよ。パン十個くらい、貯めといたんだけど」

「盗まれたのかな」

「きっかり半分残ってるんだ。泥棒ならそんなことしないだろ。祥一だよ。あいつ、わざわざ俺の分を残していったんじゃないかな」

「パンを持って、どこに行ったんだろう?」

「うーん」

巧己は首をひねる。ボックスを覗き込んでいて、ふと千香は気づいた。

「巧己。下の方に、まだ何かあるよ」

「あれ、本当だ」

入っていたアイテムは、本だった。

「しかも署名入りだ」

千香はおそるおそる本を手に取った。ランドクラフトでは草ブロックを材料に紙を作ることができ、さらに紙を材料に本が作れる。インクというアイテムを使って文章を書き込むことができ、最後に署名を入れると、それ以上書き込めなくなる。つまりゲームの中で、本当の本のように扱えるのだ。中には長編小説などを書くプレイヤーもいるという。

「祥一の置き手紙かも」

「俺にも見せて」

巧己が千香のディスプレイを覗き込む。本をそっと開くと、内容が表示された。

まえがき
アマチュア歴史研究家のこの私、syo1の七番目の歴史レポートが、まさかゲームの話になろうとは！　自分が一番驚いているというのが、正直なところだ。

見覚えのある文章に、二人は思わず声を上げた。

「あ、これ！」

「祥一が書いてたやつじゃないか」

内容はさっき読んだ「ログレス王国探検記　～ゲームの中にできた国～」と全く同じだった。しかし、続きが書き加えられている。千香はマウスをクリックし、ページをめくる。

第一章

素晴らしいアイデアが閃《ひらめ》いてしまった。私は今、興奮しながらこの文章を書いている。この感動を伝えるために、まずは私たちの現状を説明せねばなるまい。

友人の提案で2B2Dに宝探しにやってきた私たちは、まずはアーサーの残したメッセージを手掛かりに情報を集め始めた。

『在りし日の栄光を求めるなら、我が城を探せ。宝は全てそこに隠した。友よ、魂はいつも共にある、アーサー』

すでにこの時点で、アーサーの城、キャメロット城がスタートゾーンから見て北西の方角にあるらしいというのは、それなりに有名な噂だった。さらに私たちが古いプレイヤーたちの証言や、ネット上の記録をかき集めて検証したところ、その座標がだいたい（255000，－146000）の付近だということもわかってきた。

後は実際に向かうだけ。だが、そこで行き詰ってしまった。辿り着くすべがないのである。

遠すぎるから？　それもある。（255000，－146000）という座標は、一ブロックがだいたい一メートルに相当すると考えると、スタートゾーンから約三百キロメートル離れている。東京から名古屋の手前あたりまで歩いて行くようなもの、と言えばわかるだろうか。しかも道のりは平坦とは限らず、途中には険しい山や海もあるだろう。

ゲームのキャラクターはいくら歩かせても音を上げないとはいえ、なかなか労力を要する距離だ。もしかしたら一ヶ月近くかかるかもしれない。だが、これは時間で解決できるだけ、まだましな問題だ。

もっと厄介《やっかい》な障害が、２Ｂ２Ｄのスタートゾーンにはある。

少し話が逸《そ》れるようだが、ランドクラフトには様々なワールドがあり、それぞれスタートゾーンに特徴がある。

「一切の犯罪を許さない」とうたうワールド「パーマネント・ピース」では、スタートゾーンには警察署と監獄《かんごく》、そして学校がそびえ立っている。新規プレイヤーはルールを学習し、試験にパスしない限り、自由に遊べない。ルールを破れば即収監だ。運営しているのはドイツ人だそうだが、どこかお国柄を感じる。

お金や給料という概念があり、経済活動が営まれているワールド「エコノミー＆モノポリー」のスタートゾーンに建っているのは、銀行とカジノ。何かの皮肉にすら思えてくる。なお、数日前に金ブロックバブルが弾けて、経済が破綻《はたん》寸前だという噂を聞いた。

速く走るとか、速く建築するとか、ルールを設けてスポーツのようにランドクラフトを楽しむワールド「ガンショット」のスタートゾーンでは、巨大なコロシアムがプレイヤーを待っている。競技を選び、入り口からエントリーすれば、すぐに試合に出られるというわけだ。

かようにスタートゾーンには、そのワールドの個性が集約される傾向にある。では、無法をむねとし、あらゆる悪意が許される唯一無二のワールド、２Ｂ２Ｄのスタートゾーンはどうか。

訪れた者は、あたり一面に広がる奇景を目にしたことだろう。あれこそが長い長い年月をかけて作られた、住人たちによる新参者への挨拶だ。

要するに彼らはこう言っているのである。

いらっしゃい、死ね！　と。

最初は、巨大な箱が作られたという。頑丈な黒曜石ブロックによって、天井も壁も床も隙間なく埋められた真四角の箱。スタートゾーンがすっぽり中に収まっているので、遊びに来たプレイヤーはどこにも出られない。暗黒の中、ただ餓死していくしかない。

この箱はやがて破壊された。新人たちが抵抗したからではない。俺にも殺させろ、もっと面白い殺し方をさせろ、と殺し屋同士が争ったからである。激しい戦いが続き、上から溶岩を流し込んだり邪魔な石塔を建てたり爆弾を落としまくったり罠を仕掛けまくったりと、みんなでやりたい放題やった結果、あのような光景になったわけだ。

さてこの箱だが、実は二重になっている。

壊されたのは内側の箱だけで、外側の箱は依然として健在なのだ。スタートゾーンから外を目指して歩き始めると、数時間ほどで壁にぶちあたる。一億個以上のブロックと、一年近い歳月を費やして作られたという、重厚で堅牢な壁である。厚みは何十メートルもあり、高さは天にまで達するという。この壁をぶち抜くにはぶっ続けで作業しても、なんと数十時間を要する。その間、舌なめずりしながらあたりをうろついているプレイヤーキラーに発見されずに過ごすのは、ほとんど不可能に近い。

整理しよう。キャメロット城に行くには、箱から抜け出さなくてはならない。しかし箱からは出られない。

私と友人は、ここで完全に行き詰ってしまっていた。


そうなんだよ、と巧己が頷く。


だが、私はずっと考え続けていた。

確かに新参のプレイヤーたちは、手も足も出ない。しかしベテランのプレイヤーは、新人を殺しに来たり外に行ったりと、気ままに出入りしているように見える。何か壁に穴を開けなくても、外に抜け出す方法があるのではないか。

私は時間をかけて彼らを観察し、そして、ついに脱出方法がわかったのだ。こうなると、早く試してみたくてたまらない。友人よ、許してくれ。一緒に行くという約束だったが、私はもはや、好奇心を抑えられそうにない。宝を独り占めするつもりは全くないとだけ、ここに宣言しておこう。

私は一足先にキャメロット城を見てくる。

道は、地獄の高速道路にある。

八月一日　syo1

「これではっきりした。やっぱりあいつ、我慢できずに一人で先に行ったんだ」

巧己がため息をついた。

「先に行って、それからどうして現実でも失踪しちゃったんだろう」

「わからない。けど、祥一の足取りを追えば、手掛かりはあるはずだ。急ごう！」

自分のパソコンに飛びつく巧己に、千香は聞く。

「でも、壁はどうやって抜けるの」

「それは、その……ああもう、祥一のやつ、肝心なところを書いてないんだから」

すがるような目を向けられて、千香は首をひねる。

「地獄の高速道路というのがヒントなのかな。どういう意味だろう」

うーんと唸《うな》り声を上げていると、巧己が呟いた。

「頼むぜ、千香。ランドクラフト博士」

長いこと蓋をしていた記憶が、その一言で鮮やかに蘇《よみがえ》った。


ランドクラフトにボスがいる。

そんな噂が広まったのは、千香が小学三年生の時だった。

「隣のクラスの奴が言ってたんだよ。秘密の方法を使うとボスステージに行けて、ボスと戦えるんだって。めっちゃ強いらしいぜ」

給食の時間、興奮した様子で話している巧己を見て、千香はすぐに作り話だと思った。

ランドクラフトはブロックで建築を楽しむゲームだ。ボスなんて、世界観にそぐわない。

しかし千香が笑い飛ばそうとしたとき、同じ班の子たちが口々に言った。

「俺、兄ちゃんからそれっぽいこと聞いたことある」

「二組では常識だってよ。坂本とか、ボスステージに家建てたって」

「でもあいつ、嘘つきだもんな」

そこでみんな、千香の方を見た。

「どうなの、博士?」

クリッパーのキーホルダーをいじりながら、千香は顔を上げた。

「それはね……」

開きかけた口を慌てて閉じる。

なんたって、千香はランドクラフト博士だ。いつの間にか誰かがそう呼び始めて、やがてあだ名になってしまったけど、悪い気はしない。いや、密かに自分にふさわしいとすら思っている。この権威を守るには、憶測《おくそく》でものを言わない方がいい。

「どうしよっかな。言っちゃおうかな」

思わせぶりに笑ってみせると、えーっ、と巧己が口を尖らせる。

「何だよそれ、教えてよ」

「うーん。じゃあ、後でね」

「後っていつ、学校の後?」

「明日になってもまだ知りたかったら、休み時間に教えてあげるよ」

千香には計算があった。

帰ってすぐ、おじいちゃんに電話して聞けばいい。

「絶対だよ」

はいはい、と食器を重ね、片付けに立ち上がる。みんなに背を向けて、ほっと息を吐いた。何とか誤魔化《ごまか》せたみたいだ。

結果的に、それが功を奏した。夕方、受話器の向こうで祖父はこう言ったからだ。

「ボスステージのこと、よく知ってたね」

「本当にあるんだ」

千香は驚いた。

「昔はなかったんだけどね、強い敵と戦ってみたいプレイヤー向けに、アップデートで追加されたみたいだよ」

念のため、確認してよかった。千香は胸をなでおろす。それから祖父に文句を言った。

「どうしてもっと早く教えてくれなかったの」

「ごめんよ。まだ難しいかと思って。それに雰囲気も少し怖いから」

「ちか、全然大丈夫。ボスに会ってみたい。やり方を教えて」

「いいよ」

電話を終えた千香は、さっそくゲームの中で祖父に習った方法を試してみた。

場所は「おひさま王国」のお城の裏庭。大きな塔のちょうど日陰になるあたりに、真っ黒の黒曜石ブロックを積み上げて、横四ブロック、縦五ブロックの四角い枠を作る。これで祭壇のできあがり。次に火打ち石というアイテムを使って、枠の中に火をつける。炎が吸い込まれ、空っぽだった枠の中が、不気味に揺らめく紫色の光に満たされたら、成功。

儀式はうまくいった。

小さな光の粒子があたりを漂い、シュウーン、シュウーンと気味の悪い音が響いている。ボスステージに繋がる門、「ゲート」の完成だ。

しばらく躊躇《ためら》ったが、やがて千香は意を決して紫の光に飛び込んだ。途端、ぐにゃんぐにゃんと脈打つように世界が歪み始める。思わず目を閉じた。そっと開いた時、すでにあたりの光景は様変わりしていた。

祖父が言ったとおり、不気味な雰囲気である。

土の色は赤黒く、空は暗い。木はおろか、草一本生えていない、不毛の大地。

おっかなびっくり、千香は歩き出す。

水の代わりに溶岩の滝がしたたり落ち、赤い池は怪しく泡立っている。ところどころに人魂のような白い光が行き交う。まさに地獄だ。こんなところに家を建てる、二組の男子の気が知れない。

もういいや、かえろ。

入ってきたゲートから元の世界に戻ろうとした時だった。

ぼそぼそ、と囁《ささや》くような声が聞こえた。背中がぞわっと粟立ち、振り返る。さっき宙を飛んでいた白い光が、すぐ目の前に迫っていた。思っていたよりずっと大きい。大型トラックが迫ってきたようなスケール感だ。よく見ると鬼のような恐ろしい顔がついていて、何やら不気味にぼそぼそ、と声を発している。

千香は悲鳴を上げた。

それでも指は正確に動いた。キーボードを操作し、その場から一目散に逃げ出す。頭の中では、祖父の言葉を思い返していた。

「ボスは、ホワイトゴーストっていうんだ。強力な炎を吐いてくるから気をつけてね。倒せば、スタッフロールが見られるよ。もちろんゲームはその後も続けられる。一度倒したボスは、もう復活はしないけどね」

走りながら、手持ちのアイテムを確かめる。

ちょっと覗いて帰ってくるだけのつもりだったから、弓矢はもちろん、剣や盾すら持っていなかった。手元にあるのは僅かな食料と、ゲートの材料、黒曜石と火打ち石。

これじゃ、とても戦えない。

困ったことにホワイトゴーストはゲートが気に入ったのか、居座ったまま動かない。時々こちらを向いて、思い出したように炎を吐いてくる。狙いはさほど正確ではないが、天井や壁に当たると大穴が開き、千香はその瓦礫《がれき》からも逃げなくてはならなかった。

どうしよう。

ゲートを通らなくては戻れないのに、ボスをどかす方法がない。何てことだ。すぐそこに、ゲートがあるのに！

冷や汗がだらだらと流れた。ランドクラフト博士は、ボスステージに行ったまま行方不明。そんな格好の悪い話、絶対いやだ——


「その呼び方、やめてよ」

千香はパソコンの画面を見つめたまま言った。

「え？」

戸惑う巧己。抑えようとしても、きつい口調になってしまう。

「ランドクラフト博士、っていうの。バカにされてるみたいだから」

「あ、いや、そうか。ごめん」

「ううん」

千香は俯《うつむ》き、呼吸を落ち着けた。

「私の方こそごめんね」

巧己に悪気がないのはわかってる。これは私の問題だ。

気を取り直して千香は言った。

「『地獄の高速道路』の地獄は、ボスステージじゃないのかな」

「ボスステージってあれだろ、儀式でゲート作って行く特殊マップだろ。それが壁を抜けるのと何か関係あるの？」

「わからない」

「あんなとこ、ボスと戦ったらそれで用済みだよな。別に貴重なアイテムがあるってわけでもないし」

「私も一度だけ行ったけれど、結局ボスとは戦わずに帰って来ちゃった……と思う」

千香は腕組みして考え込んだ。

あの時は、どうしたんだっけ。確かボスにゲートを封じられて、それからどうやって帰ったんだったか。

「ただ、ボスステージが関係してるってのは、いい線かもしれないよ。俺、このあたりはけっこう歩き回ったんだけど、確かに建ってるんだ、ところどころにゲートが」

千香が黙って見つめる前で、巧己は話し続ける。

「罠かな、と思ってたんだけど。いくつもあるんだよね。何か意味があるのかも」

「ゲートが、いくつも？」

そうだ、あの時は、確か――


もう一つゲートを作ろう。

それが小学三年生の千香が編み出した解決策だった。

ゲートをくぐればボスステージに来られる。なら、ボスステージ側でゲートを作れば元の世界に帰れるのではないか。幸い材料は揃《そろ》っている。

祈りながら二つ目のゲートを作り、通り抜けると、出た先はもう地獄ではなかった。森があり、澄んだ湖があり、空は青い。景色には見覚えがある。ここは確か、祥一が道路工事をしていた場所だ。

無事に帰ってこられた！

千香は思わず両手を挙げ、喜んだ。

よかった、よかった。これで胸を張ってランドクラフト博士でいられる。まあ、計算ではお城の中庭あたりに出られるはずが、街外れの工事現場に出てしまったことだけは、黙っておこう……。

そう安心して眠りについた。

次の日、みんなに話すのを楽しみに、わくわくしながら登校した千香だったが、現実は想像とは少し違っていた。

「あ、ボスステージの話？　動画見たから、もういいや！」

休み時間に声をかけると、巧己はそう叫び、校庭に出て行ってしまった。どうやら昨日のうちに、ボスステージについてわかりやすく説明しているユーチューバーを誰かが見つけて、広めたらしい。給食の時間にも、ランドクラフトの話題は一切出なかった。縄跳びの面白い飛び方とか、隣のクラスで骨折した子がいるとか、いとこの飼っているうさぎが赤ちゃんを産んだとか、そんな話ばかり。

何だよ、もう。

千香はちょっとだけ腹を立てたが、すぐに自分に言い聞かせて気を取り直した。

大丈夫。またみんなの関心は戻ってくる。

その時に備えて、もっと詳しくなっておかないと。ユーチューバーや、他のクラスの子も知らないようなことまで。

今日も家に帰ったらすぐ、パソコンに向かってランドクラフトを始めよう。どこに冒険に行こうか。どんな建物を作ろうか。色々と考えながら、キーホルダーをぎゅっと握りしめる。鮮やかな緑色をしたクリッパーのひょうきんな表情を見つめて、微笑んだ。


今や色褪せたクリッパーは、どこか悲しげに千香を見つめていた。

「あ、もしかして」

横で巧己が口をぽかんと開けた。

「何か思いついたのか、千香」

頭の中を通り抜けていった閃きを、もう一度なぞってみる。

ボスステージ。複数のゲート。戻ってきた場所は、中庭ではなく工事現場だった。

「わかったかも。『地獄の高速道路』」

千香はスマートフォンでブラウザアプリを開いた。ランドクラフトの攻略サイトを検索し、ボスステージについて書かれた記事を見つけ出す。

ゲートの作り方や、ボスのステータス、攻撃方法などが事細かに記載されている。小学生の頃にこういうサイトを見る知恵があれば楽だったけど。

「やっぱりだ。巧己、ボスステージの仕様、知ってた？」

「仕様って言われてもな。ゲートで行き来する、異次元空間ってことくらいしか」

「これ見て。『ボスステージは異次元空間だが、通常の空間と重なり合って存在している。ただし、ボスステージは通常空間よりはるかに小さく、約八分の一のサイズである』」

「それが何か関係あるのか」

巧己はまだ理解が追いついていないようだ。

「ゲートを二つ作るんだよ。目の前に壁があって越えられなくても、いったんゲートから異次元空間に行って、壁の厚み分以上に歩いてから、別のゲートを作って元の空間に戻れば――」

「もしかして、壁の外に出られるってこと？」

「しかも、ボスステージが通常空間の八分の一ってことはだよ。ボスステージで一歩歩けば、通常空間では八歩歩いたのと同じ。八倍のスピードで移動できることになる」

ぱちっと指を鳴らす巧己。

「つまり、高速道路か。なるほど、考えたなあ。これならキャメロット城までの距離もぐっと縮まるわけだ」

「ゲームの仕様を逆手に取る。確かに凄いアイデアかも」

千香の頬は紅潮していた。ボスと戦うための場所を、移動手段にするなんて。こんなふうに遊ぶ人の発想しだいで色々なことができるのが、ランドクラフトの面白いところなんだ。

「さすがランドクラフト博士……じゃなくて、えっと、とにかくナイスだ、千香」

「あ、うん」

千香は頷き、胸に手を当てた。

今、何を考えてた？　ランドクラフトが面白いだって？

拳でこつん、と頭を軽く叩く。

楽しんでる場合じゃないぞ、私。

「そうと決まったら、さっそくゲートを探そうぜ、千香！」

巧己の言葉に、千香は頷いた。

二人は隠れ家を出て、あたりを警戒しながら歩き始めた。画面の隅から隅まで目を凝らし、耳を澄ませる。黒い門や、紫色の光が見えないか。シュウーン、シュウーンという奇妙な音が聞こえてこないか、と。

途中、何度か他のプレイヤーに見つかりそうになったが、そのたびにうまくやり過ごした。三十分ほどが過ぎ、丘を越えて目の前に広がる谷を見下ろした時だった。

「発見」

ゲートが見つかった。それも一つではない。

谷を挟んだ丘の頂上、ど真ん中に一つ。端っこの方に二つ。やや下、中腹あたりに一つ。

画面の中に四つのゲートが立ち並び、それぞれ元気に紫色の光を放っている。

「おーっ、あったぞ！　こりゃよりどりみどりだな」

「警戒した方がいいかも」

飛び出そうとする巧己を千香は制する。

「こんなにたくさんあるなんて、変だよ。罠かもしれない」

巧己がごくりと唾を飲んだ。

「確かにな、地雷が仕掛けられてるかもな。よし、気をつけよう」

「ゲートの向こう側が安全とも限らないしね」

「向こう側って？」

「ゲートに入ってボスステージに出るでしょ。そこに落とし穴があって、そのまま閉じ込められたら？　地雷で一息に殺された方がまだましかもしれないよ。死んだらすぐにスタートゾーンからやり直せるけど、閉じ込められたら餓死を待つしかない」

巧己は嘆息した。

「2B2Dの住人なら、やりそうだな」

「誰かの作ったゲートは、リスクと隣り合わせだよ。材料さえ揃えば、自分でゲートを作りたいけど」

「これだけあちこち破壊されてるんだ。材料は壁の外にしかないかもな」

「うん……特に火打ち石の入手が、厳しそう」

「となると、この中から選ぶしかないか」

二人でゲートをじっくりと観察する。四つのゲートは、そっくり同じ形だ。どれがトラップなのだろう。あるいは全部かもしれない。

巧己は途方に暮れた様子で、千香を振り向いた。

「どれがいいと思う?」


「お母さんだったら、どれにする」

ランドセルを傍らに投げ出したまま、千香がわくわくしながらゲーム画面を指さして聞くと、母は困ったように薄笑いを浮かべていた。そうだねえ、と首をひねりつつ、覚束《おぼつか》ない手つきでマウスを操り、扉の一つを選んでくれたのを覚えている。

「じゃあ、これかな」

「開けてみて、開けてみて」

「開けるってどうするの」

母はやみくもにキーボードをいじり、オプション設定画面を出してしまった。違うよ、と千香はキーボードを指さして教えてあげる。

「これでいいの?」

画面の中でキャラクターが扉を開けると、バン！　と大きな音が響き、火花が飛び散った。

「え、何。今、何が起きたの」

「そこはね、爆発部屋！　中に爆弾の罠があったんだよ」

「お母さんのキャラクター、死んじゃったの」

「死んでないよ、ほら、ハートがちょっとだけ残ってる。でも見て、床が抜けて地下に落ちたの。さあ、そこから這い上がるのは大変だよ。どうする？」

ふーん、と呟いてから、母は立ち上がった。

「そろそろご飯の支度をしなくちゃ」

千香は慌ててすがりつく。

「待ってよ。近くを調べてみたらどうかな。隠し通路がどこかにあるかもよ。それに、宝物庫までたどり着けたら、賞品があるの。なんと、ダイヤブロック！」

なぜ母が苦笑いしているのか、当時の千香にはわからなかった。

だってダイヤブロックだよ？　ランドクラフトではお宝中のお宝。巧己なんか、一個しか持ってないんだから。

「お母さん、画面を見るの疲れちゃった。千香がお手本、やってよ」

「しょうがないなあ」

台所に立った母の代わりに、キーボードとマウスに手を置く。包丁の音が響く中、千香は一つ一つ説明してあげた。

「四つの扉は、実は全部罠だったんだよ。爆発部屋に、溶岩部屋、水浸し部屋、真っ暗部屋。宝を狙う人は、みんなここでやられちゃうの。でね、本当の道はこっちにあるんだ。なんと、足元！　これは誰も思いつかないよね。見えにくいけど、ここが開くようになってて、秘密の通路なんだ。それでね……」

「ふうん」とか「そうなんだ」とか、母は時折相づちを打ってくれる。だが千香が振り返ると、いつもお鍋の中をかき混ぜたり、冷蔵庫を覗き込んだりしている。

「お母さん、ちゃんと見てる？」

「見てるよ」

「ほら。鍵を開けると、じゃーん。王様の部屋に繋がってるの。びっくりしたでしょう？ちかが考えたんだ。もっと進むと展望台が……」

「ほんとだね。じゃあ、そろそろご飯にするよ」

「うん」

生返事だけして、千香はゲームを続けた。階段を上って扉を開けると満天の夜空が広がっているのだ。これにはお母さんもきっと驚くはず。

「もう、いい加減にしなさい！」

飛んできた鋭い声に、千香は身をすくめた。

「ちゃんとケジメつけるって約束でやらせてるんだからね。だいたい、宿題は終わったの？」

千香は口を尖らせ、しぶしぶ答えた。

「まだだけど、でも展望台が」

「ご飯が終わったら、まずは宿題。それからお風呂に入って、それでも時間が余ったらゲームしなさい」

「はあい」

下唇を噛んでそっとゲームを終了し、パソコンの電源を切った。ぷつんと音がして画面は真っ暗になった。

書斎から出てきた父が、「今日はしょうが焼きかあ」と機嫌良さそうに食卓につく。三人で大皿を囲んだ。

「今日は割と捗ったよ。もう少しで完成しそうだ」

「こないだ言ってた、新しい空気清浄機のデザイン？」

「そう。クライアントの反応も上々だった」

ふと父が笑いかけてくれた。

「千香はどうだい？　学校は」

口の中のご飯を急いで飲み込む。

「楽しいよ！」

「そうか。どんなことしてるの」

「今はお城の改造工事中。今日はね、泥棒が来ても大丈夫なように友達と罠をいっぱい作ったの。さっき、お母さんも引っかかったんだよ」

一気にまくしたてると、父は微笑んだ。

「ああ、ランドクラフトの話か」

「でも、大嵐が来てね。雷が落ちて、塔のてっぺんが焼けちゃったんだ。だからこれから直さないといけないの」

「ゲームでも雷の被害があるのか。そりゃ大変だなあ」

「大丈夫、頭の中に設計図は入ってるから。ご飯食べたらすぐ、取り掛かるつもり」

そこに母が割って入る。

「宿題が先でしょう、千香」

千香は小さくなり、黙って頷く。

「全く、困ったものね。毎日、学校から帰ったらすぐにゲームなんだもの」

「まあ、いいじゃないか」

お味噌汁を啜りながら父はそう言ってくれたが、母の小言は続いた。

「勉強とかスポーツならいつか役に立つと思うけど。ゲームじゃね」

大きな溜め息。

「今は大事な時期なのに。時間がたっぷりあって、どんどん吸収できる。貴重な時間をただ娯楽にだけ使って、気づけば大事なことが何にも身についていない。ふと周りを見回せば、みんな何かを少しずつ積み上げていて、その力で人生を切り開いていて。自分だけが置いていかれたって、後悔する……」

その眉間《みけん》に深い皺《しわ》が寄っていた。

「あなた、千香がそうなってもいいって言うの」

「それは困るけども。人生には遊びも必要でしょう。君の弾くピアノだって、僕は素敵だと思ってるけどな」

「ピアノは今、関係ないでしょ！」

いらいらした様子の母の声に、父がひるむ。千香は俯いて、しょうが焼きをぼそぼそと嚙んでいた。

その時、電話が鳴った。両親は億劫《おっくう》そうに、電話台の方を見やる。

「出てくれる？」

母に言われて千香は立ち上がり、受話器を取った。

「はい、野呂《のろ》です。どちら様ですか」

「モシ、モシ。コチラ、ウチュウジン、デスヨ」

思わず笑ってしまう。

「おじいちゃんだ！」

「よくわかったねえ。昨日、道でばったり宇宙人と会ってね。宇宙の挨拶を教えて貰ったんだ」

いつも祖父は、電話の最初にちょっとした冗談を用意しているのだ。くすくす笑うのをこらえて、聞いた。

「お母さんに代わろうか?」

「ううん、特に用事はないんだ。千香ちゃんはボスステージ、ちゃんと行けたかい」

「うん、行けたよ。ボスとは戦わないで、すぐ帰って来ちゃったけど」

「わかるよ、不気味だもんね。でも弓矢があれば勝てると思うよ」

「じゃあ今度一緒にやろうよ。そうだなあ、次の日曜日とか……」

ぽん、と肩を叩かれて振り返る。母がこちらを覗き込んでいた。怖い顔で、千香は心臓が凍り付きそうだった。

「先に宿題を終えてから、ゲームの約束はすること」

そのまま受話器を取り上げられる。

「もしもしお父さん。うん、私。元気? そう、良かった」

ちらり、と千香を見下ろして母は続けた。

「そうなの、今も話してたんだけど、どうしても宿題が後回しになっちゃうのね。成績も決して良くはないから、心配なの。今後はあんまり千香をゲームに誘わないでやってくれない?」

うん、お父さんの意見はわかるんだけど。頻度《ひんど》を少し減らしてって話で。声が遠く聞こえる。千香は呆然と、電話する母を眺めていた。

最近、色んなことが少しずつ、変わってきた気がする。昔はゲームを遊んでいても、怒られることなんかなかった。ゲームで友達ができたと言ったら、喜んでくれたのに。

「じゃあね、お父さん、元気でね」

母が電話を切ると、部屋は静まりかえる。

おじいちゃんとゲームの話、もっとしたかったな。

お椀の中で揺れる味噌汁を見つめて、そう思った。


「千香、こっちだ、こっちに来てくれ！」

すぐ隣で巧己が叫んでいる。我に返った千香は、慌ててマウスとキーボードを操り、あたりを見回した。

「こっちって言われても困るよ。ゲームの中なんだから、座標か方角で教えて」

「右！　右の方にいる。この崖見てくれよ、なあ」

注意深く進んでいくと、谷底で巧己のキャラクターが手を振っていた。

「いたいた。今行く」

急な坂を下っていく。巧己が指さしてくれた崖は真ん中がえぐれていて、どこか違和感のある景観だった。人工的とでも言おうか。巧己の隣に立ったとき、その理由がわかった。

「あ、こんなところに……」

崖をくりぬいた中に、こっそりとゲートが立てられていた。暗がりで紫色の光を発してはいるが、うまくあたりの地形に遮られ、目立たない。

「千香の言った通り、あたりを探してみて正解だったな」

今降りてきた丘を、二人で見上げた。並んでいる四つのゲートが、かろうじて見える。

目の前のゲートは頂上からは完全に死角だ。

「どれが罠か、手掛かりでもあればと思ってたんだけど。まさか五つ目がこんなところに隠されてたなんて」

にやっと笑う巧己。

「やったな。あの四つから選んでたら、罠にかかってたぜ。こっちのゲートは誰かが普段から使ってるんだろうな。しっかり隠されてるし、ほら。作業台やかまどまで置かれてる」

確かに、ゲートのすぐ横には家具の役割を果たすブロックが並んでいた。いわばこのゲートだけ、生活感があるとでも言おうか。

「おっと……千香、まずい。身を隠せ」

巧己がするりと物陰に飛び込んだ。

「どうしたの」

千香は後に続く。巧己はわざわざ声を潜めて続けた。

「誰かいる。っておい、見んなって」

暗がりからほんの少しだけ身を乗り出し、千香は丘の向こうに目を凝らした。

「本当だ」

かなり遠いが、全身に纏っている光り輝く青い鎧がはっきりわかる。プレイヤーが一人、空中に静止していた。手には剣と盾を持ち、視線はこちらに向けられている。

「またフルダイヤの初心者狩りか。空中浮遊のチートも使ってるな」

巧己が舌打ちする。ダイヤの兜、ダイヤの鎧、ダイヤのレギンス、ダイヤの靴。最高級の防具一式を身につけて、スタートゾーンをうろうろしているようなプレイヤーは、大抵は危険人物だという。

「さっき私を釣り竿で攻撃した人とは違うね」

「あれ、そう?」

「顔が真っ黒だし、目が赤く光ってるもの。それに、髪が蛇みたいに太くて、乱れた感じ」

巧己の声色が変わった。

「まずいぞ、モードレッド一味だ、それ」

「悪者の集団なんだっけ」

「そう。やつら、みんな同じ外見に揃えてるんだ。最近じゃ、目についたプレイヤーを手当たり次第にキルしてるって話でさ、一番見つかりたくない相手だよ」

「でも襲ってこないね」

「こっちに気づいてないのか、タイミングを計ってるか。早いとこ、向こうに行っちまおう」

ゲートに向かって走り出した巧己を、千香は一発ぶん殴った。ビシッ、という効果音が響いて巧己がのけぞる。

「おい、何すんだよ！　ライフが少し削れたぞ」

「ちょっと待って」

千香はもう一度、外を覗き見る。赤目のプレイヤーはまだそこに浮かんでいる。近づいては来ないが、相変わらずこちらを見ているようだ。

何か変じゃない？

千香はじっと相手を睨みつける。

母にランドクラフトをプレイさせて、後ろから見ていた時、どんな気持ちだったっけ。間違った扉を選ぶ瞬間を、今か今かと待つ胸の高鳴り。そう、誰かがゲームしているのを見るのは面白いものだ。特にそれが、自分の仕掛けた罠に嵌《は》まる瞬間だったりしたら――

赤目が、ほくそ笑んでいる気がした。

「逆だ！」

千香は叫ぶと、飛び出した。

「何だって？」

「巧己、こっちに来て」

さっき下ってきたところを駆け上がる。

「待て待て。どうしてそうなっちゃうんだよ」

「隠したゲートが正解だと思わせて、その逆なんだ。トラップの可能性を考えたら、あんなにあからさまに並んだ四つのゲート、怖くて選べない。だから逆に、そこに正解を置いた」

「そうかあ?」

ぶつくさ言いながらも、巧己は千香の後ろについてきていた。丘の向こうが見える。千香は息を呑んだ。

赤目が、剣を振りかぶってこちらに向かって来る。行かせまい、とするように。

「やっぱりそうだ」

単純すぎると思ってた。考えてみれば、かまどや作業台だってわざわざ危険なスタートゾーンに置く必要はない。安全なところに行ってから、ゆっくり使えばいいのだ。偽りの生活感を演出するため、と考えた方がしっくりくる。

ブロックの崖を這い上がる。でこぼこの石でできた丘を、懸命に上っていく。赤目は猛然と突進してくるが、ゲートまでの距離は千香たちの方がずっと近い。

丘の上に出た。ゲートの紫の光が四方から差し、駆動音も四つ分聞こえてくる。

問題は、四つのうちどれを選ぶかだ。全部が正解とは限らない。

「何だってんだ全く、ってうわ!」

巧己の悲鳴に、千香は振り返る。弦を弾くような音。すぐ足元に矢が突き刺さっていた。視線を上げる。赤目が、剣から弓に武器を持ち替えていた。次の矢を引き絞り、放つ。

「巧己、危ない」

咄嗟にかばって間に入る。ビシッと鋭い効果音が響き、千香の画面が一瞬真っ赤に染まった。

「おい千香、尻に矢が刺さってるぞ」

「どこに刺さったっていいでしょ」

画面を見て、千香は戦慄《せんりつ》していた。ハートが一撃で九個半も持って行かれてしまった。攻撃力をアップさせるチートを使っているのだろう。次の矢を受けたら終わり。かするだけでも死んでしまう。

ビシッ。すぐ近くの石ブロックに矢が刺さる。はっと思う間もなく、風切り音と共に頭の上を矢が通り過ぎていった。

「まずいまずいまずい、やられる。どうしよう、千香」

時間がない。

千香は四つのゲートを睨みつけた。

私が罠を仕掛ける側だったらどうする？　たぶん、一番目立つところに正解を置く。そして目の前に正解があるのに疑心暗鬼から避けてしまい、罠にかかるプレイヤーを見てほくそ笑む。

「頂上、真ん中のゲートに入って！」

千香の叫びと共に、二人は駆け出した。まず巧己が、数歩遅れて千香がゲートに向かう。丘の中央、堂々と建てられたゲート。いかにも入ってくださいと主張するような紫の光。

「信じるぞ、千香」

「いいから早く」

巧己が飛び込み、その姿が消えた。と、ゲートの上辺に矢が突き刺さる。千香は振り返って、息を呑んだ。赤目がすぐそこまで迫っている。その赤い目玉は爛々と輝き、空中に軌跡《きせき》を残す。矢が放たれる、鋭い音。その手元、数ドットの白い点に過ぎなかったものが、瞬時に画面いっぱいに広がり、千香の眉間目がけ、まっしぐらに突き進んでくる。

ビシッ。

衝突音と同時か、いや少し早かったか。

画面が歪む。世界が紫の光に包まれると、やがてゲームはロード中の画面に切り替わった。

千香はほっと息をつく。額に触れると、冷や汗をかいていた。

しかしまだ安心はできない。ボスステージに出たところで、罠があるかもしれないのだ。果たしてこのゲートは正解なのか、それとも――

「高速道路だ！　高速道路がある、千香。正解だ！」

巧己の声が聞こえてきた。

ほどなくして千香の画面も切り替わる。

真紅の大地が広がり、あちこちに溶岩の滝が流れている。すぐ近くには巨大な建造物が見えた。横幅六ブロックほどの、黒いブロックで作られた高架である。両脇にはガードレールのようにブロックが突き出している。その威容は、先史文明の遺跡を思わせる。

「何、これ……」

千香がおそるおそる建造物の横に据え付けられた階段を上っていくと、だだっ広い道が現れた。真っ赤な空間の中、漆黒の道路はどこまでも続いている。上り坂も下り坂もなく、ただひたすらに真っ直ぐに。地平線が見えた。

「まさか、文字通りの意味で高速道路があるとは思わなかった」

明らかに人工物である。一体誰が、こんなものを作ったのだろう。

「やったぞ、千香。これだ、これが『地獄の高速道路』なんだ！」

巧己は道路の上で跳ね回っている。目を合わせて、二人で頷いた。

やった。

深いため息が出て、胸がじわっと熱くなった。

ほとんど博打だったけど、正解だった。相手の心理を読み切り、勝ったんだ。

拳をぐっと握っていた自分に気がついて、慌てて首を横に振り、手を開いた。顔が赤くなってくる。

だから、ゲームに夢中になってる場合じゃないってば。友達のためにやってるだけでしょう。

自分に言い聞かせる千香の横で、巧己ははしゃぎながら方向を示した。

「道路の続く先、あっちが北西だ。つまり真っ直ぐ行けば壁は越えられるし、キャメロット城にも近づく。よーし、張り切って歩いて行こうぜ」

「そうだね」

「どうした、テンション低いぞ……って、あ」

巧己が、千香の方を見て凍り付いたように動きを止めた。

どうしたの、と聞くより先に嫌な予感がして、千香は咄嗟にキーボードを操作する。ほんの数歩、前に出てから振り返る。

鼻先を白刃がかすめた。

心臓が止まるかと思った。すぐそこに赤目のプレイヤーが立っていて、剣をこちらに突きつけている。

「追っかけてきた！　逃げろ」

踵《きびす》を返して巧己が走り出した。慌てて千香もその背を追う。後ろを振り向かなくてもわかる。赤目のプレイヤーが剣を手に、追いすがってくる。

高速道路に気を取られてすっかり忘れてた。相手だってゲートをくぐってこっちに来られるのだ。このしつこい殺し屋は、どこまでも追いかけて千香たちを仕留めるつもりらしい。

千香はキーボードを力一杯押し込んで、ハイウェイをひたすら駆けていく。どれだけ強くキーを押したって、ゲームの中で走る速度は変わらない。それでも指先が白くなるほど押し込む。

赤い岸壁や溶岩の滝が、びゅんびゅん背後に消えていく。直線だから走りやすいが、それは敵も同じ。これではいつまでも差がつかない。何かに躓《つまず》いたら、それで終わり。あるいは相手が弓に持ち替えて狙い撃ってきても致命的だ。状況は最悪。

「千香、何かいい案ない？」

「えっと、えっと」

案。案と言われても。

高速道路から降りてどこかに隠れる。ガードレールから岸壁に飛び移り、ブロックを掘って穴に潜む。いや、これだけ近づかれたらどうにもならない。一か八か、巧己と二人で相手に殴りかかるくらいしかない。

ヒュッ、ヒュッと剣を振るう音がすぐ近くで聞こえる。

「千香、どうする、どうするんだよ」

「今考え中」

画面の下の方で、何かが動いた。走り続けていると、また動いた。骨付き肉のマークが一つ、また一つと減っているのだ。ああそうか、空腹度があった。キャラクターはいずれ腹ぺこになるから、永遠に走り続けることはできない。もうだめだ。斬られて死ぬか、飢えて死ぬか、二つに一つ。

万策尽きた。千香は思わず奥歯を嚙みしめた。

その時だった。鋭い剣戟《けんげき》の音が続けざまに響いた。

「何の音？」

「さあ」

後ろが気になったが、足を止めるのも怖い。だが、ぴったりついてきた足音が消えたようだ。我慢できなくなった巧己が振り返った。

「うおっ、味方だ！　ランスロット軍団が来てくれた」

「何それ」

千香も振り返り、目の前の光景に度肝を抜かれた。

高速道路の上で、青い鎧のプレイヤーたちが入り乱れて戦っている。

赤目が千香たちに向かって矢を射かける。が、別の青い鎧が間に立ちはだかり、盾を構えて弾き返した。また別の青い鎧が剣を抜き、赤目に斬りかかる。赤目は慌てて一歩下がり、剣を振るって応戦する。

巧己が説明してくれた。

「ランスロットっていうプレイヤーは正義の味方でさ、モードレッド一味みたいな悪者から、善良なプレイヤーを守るために戦ってるんだ。俺、生で見たの初めてだよ」

モードレッド一味も仲間を呼んだらしい。プレイヤーたちが入り乱れ、剣と剣とがぶつかり合い、矢が飛び交う。見たところ戦いは拮抗している。

「俺たちを守ってくれてるんだ。頑張れ、そこだ」

応援している巧己に、青い長髪をたなびかせた青年が一人、近づいてきた。その悠然とした佇まいから見て、どうやらリーダー格のようである。剣を収め、攻撃する意思はないという風に軽く両手を振ってみせると、チャットでメッセージを送ってきた。

〈やあ、旅人さん。怪我はないかい？　初めまして、僕はランス。みんなからはランスロットって呼ばれてるよ〉

頭の上に、Lance999というプレイヤー名が表示されている。

「うわっ、団長が自ら、声をかけてくれるなんて」

まるでアイドルを前にしているかのように、巧己は喜々として返信を打ち込んだ。

〈ありがとうございます、ありがとうございます。おかげで助かりました〉

〈お礼なんかいいよ。これが僕たちの役割だからさ。モードレッドたちはここで食い止めておくから、もう大丈夫だ〉

自動翻訳機能が表示しているアイコンは、相手が英語圏のプレイヤーだと示している。

〈どこまで行くの？　食料は足りてるかい。もし必要なら、非常用ボックスから好きなものを好きなだけ、持っていくといい。非常用ボックス、わかるよね。高速道路沿いに隠してあるから〉

〈ありがとうございます、使わせてもらいます。俺たち、キャメロット城に向かうつもりでして〉

〈もしかして君も宝探しかな？〉

千香は巧己と顔を見合わせる。

「多少ぼかしておいた方がいいんじゃない」

「そうだな」

〈いえ、友達が宝探しに出かけたみたいで、連れ戻そうと思って〉

〈なるほどね。それがいいよ。宝なんて、たぶんデマだからさ。僕たちはみんなそう思ってる〉

赤目が横からランスロットに切りかかった。騎士が二人飛び出し、盾で剣を防ぐと、そのまま高速道路の外に押し出す。ランスロットは動じることなく続けた。

〈モードレッドの奴らには、十分気を付けて行くように。2B2Dを楽しんでね！〉

ランスロットは軽く手を振ると、自らも剣を抜いて戦いの中に飛び込んでいった。

しばらく千香は、ランスロットの後ろ姿をぼうっと見つめていた。

「何の見返りも求めないんだ」

「ん？　そうだな」

巧己が頷く。

弱い者を守る義務なんてないし、報酬だってない。彼らは、ただ好きでそういう遊び方をしているのだ。何でもありだからといって、全ての人間が悪に走るとは限らない。

「色んな人がいて、やっぱりゲームって、おもしろ……」

慌てて口を閉じた。

「千香、何か言いかけた？」

「ううん、何でもない。それより、これで後は進むだけだね」

「ああ。よし、張りきって行こう」

二人は戦場を後にし、元気よく高速道路を歩き始めた。


どれくらい時間が過ぎただろう。

ひぐらしの声が、外から聞こえてきた。

ぎょっとして千香が画面から目を離し、窓の向こうを見ると、空はオレンジ色に染まりつつあった。

「うわ、もう夕方だよ」

頭をぼりぼりかきながら、巧己が呻いた。

「あーあ、どうりで腹が減るわけだ」

「私たち、何やってんだろ……」

うきうきした気分で歩いていたのは最初だけ。二時間以上ずっと歩き通しで、二人はさすがにうんざりしていた。

「親父がさ、高速道路で運転するのが一番眠くなるって言ってたけど、やっと意味がわかったよ」

黒いブロックの道は、すっかり見飽きてしまった。あたりの景色も代わり映えしないし、あれから他のプレイヤーは一人も見ていない。ただひたすら退屈だ。二人はもはや、キーボードに触れてすらいない。

巧己は硬貨を輪ゴムでまとめたものを、キーボードの前進キーに乗っけて、ほったらかしにしていた。千香はクリッパーのキーホルダーを、同じく載せっぱなしにしている。大きさと形がちょうど良かった。ゲームの中で二人のキャラクターは、文句一つこぼさずに延々と歩き続けている。

それでも画面は見なければならない。たまに道路に穴や裂け目が開いているからだ。

「これって、誰かが壊してるのかな」

千香があくび混じりに聞くと、巧己にもあくびがうつった。

「多分な。直してる人もいると思うぜ。時々、跡があるもん」

「あ、巧己。そろそろ何か食べないと」

「だよな、もう我慢できない。カップラーメンでも食おうぜ」

弱々しい声で腹をさする巧己。

「いや、違うよ。満腹度が残り少ない」

「何だ、ゲームの話か……」

「パンの残りは？」

「もうない。非常用ボックスを探そう」

二人はそれぞれキーボードに乗せた重しを外すと、キャラクターを操作し、ガードレールの縁に立ってあたりを見回した。

ほどなくして、溶岩の滝の陰に、アイテムの収納ボックスが見つかった。

「あった。俺、見てくる」

「お願い。荒らされてないといいけど」

「食料の他にいるものある？」

「もし火打ち石があったら、一緒に取ってきて」

「そうだったな、了解」

巧己はガードレールから赤い大地に飛び降りる。溶岩に触れないよう慎重に歩いて、ボックスを開いた。

「お、当たりだ。パンも干し肉もピッケルも、火打ち石もぎっしり入ってるぞ。他には、赤いよくわかんない薬と……お、黒曜石ブロックがある！」

「これでゲートの材料も揃ったね。それにしても、こんな非常用ボックスをあちこちに用意してくれるなんて、助かるね」

「本当だよなあ、ランスロット様々だよ……あれ？」

巧己はしばらくボックスをごそごそやってから、高速道路へと戻ってきた。

「ほら、千香も」

渡されたパンと干し肉を、二人で並んで齧《かじ》る。

ガリガリガリ、ゴクンと効果音が鳴ると、骨付き肉のマークが復活し、満腹度ゲージが完全回復した。これでまたしばらく、キャラクターたちを歩かせられる。

「それからこれ。ボックスに一緒に入ってたんだ」
一段落したところで、巧己が差し出したのは本だった。何か言いたげな含み笑い。もしかして、と思いながら千香は本を開く。

まえがき
アマチュア歴史研究家のこの私、syo1の七番目の歴史レポートが、まさかゲームの話になろうとは！　自分が一番驚いているというのが、正直なところだ。

「またこれ」
二人で苦笑いする。
「見ろよ、続きが書き加えられてる。祥一のやつ、あちこちに自分の記録を残していくつもりみたいだな」

第二章
旅程は順調である。
この高速道路を作り、整備しているのは、「地獄道路公団」というチームだそうだ。
高速道路は座標（0，0）地点から八方向に向けて、最低でも数百万ブロック、長いものは数千万ブロックにも及んで敷設されているという。今でも道路の拡張は続いていて、新しくバイパスや、環状線も作られているそう。工事計画は彼らのホームページでも公開されており、たまに求人情報なども出ている。

しっかり計画を練り、人員を管理して、材料を集め、道路を作り、メンテナンスを続けるプレイヤーがいる……仕事でもないのに。いや、遊びだからこそ本気でやるのかもしれない。ホワイトゴーストもまさか、自分が倒された後、住処が交通網として再利用されるとは想像もしなかっただろう。

たまに高速道路をイタズラで破壊するプレイヤーもいるようだが、ごく少数で、ほとんどは地獄道路公団に感謝して利用しているという。結局、破壊や殺戮を望む者にとっても、高速道路があった方が便利ということか。

私も今、ありがたく利用させてもらっている。

キャメロット城までの距離は概算で三十万ブロック。ランドクラフトのキャラクターが歩く速度は秒速四・五ブロックほどで、ボスステージでは距離が通常の八倍に換算されることを加味すると、所要時間は約二時間二十分となる。新幹線なみと言っていい。

おかげで今日のうちには目的地にたどり着けそうだ。

モードレッド一味に殺されなければ、だが。

「やっぱり祥一もモードレッドに狙われたのかな」

巧己が言うと、ぐう、と音が鳴った。慌ててお腹を押さえる彼の前で、まるで掛け合いでもしているかのように千香のお腹が鳴る。二人で噴き出してしまった。

「私たちも何か食べたいな」

「食べよう食べよう。カップラーメンでいいか」

「あるの？」

「買い置きしてあるんだ。金は俺と祥一で出し合ってさ。色々あるぞ、しょうゆに味噌、天ぷら蕎麦《そば》もある。お湯沸かさないとな。ちょっと用意してくるわ。先にそれ、読んでて」

台所で巧己が棚を開けたり水を流したりする音を聞きながら、千香は本のページをめくった。


最初にモードレッドから警告文が来たのは、聞き込み調査をしていた時だった。

私と友人は、2B2Dのプレイヤーに片っ端から声をかけて、ログレスについて調べて回っていた。問答無用で攻撃してきたり、罵声《ばせい》を飛ばしてくるプレイヤーもいたが、案外話を聞かせてくれるプレイヤーもいた。そうして何日かが過ぎた頃、突然メッセージが送られてきたのだ。内容はこう。

「それ以上探るな。お前に渡す宝はない、諦めろ貧乏人」

私は頭にきた。

なんと不躾《ぶしつけ》な内容であろうか。まず「どうせ金目当てだろう」と決めつけられるのが気に入らない。私は面白いから調べているのだ。つまらなければ、お金を貰ったって調べやしない。

　だいたい知識は、独り占めするものではない。宝やケーキは分ければ減るが、知識はいくら分けても減らないのだ。それなのに「探るな」と言うのは実に狭量《きょうりょう》。はっきり言ってずるい。探られたくないなら、それ以上に面白いものを何か、代わりに提供するのが道理ではないか。

　と、伝えたところ、汚い言葉がいっぱい送られてきた。

　それ以来、目の敵にされている。

　ゲームにログインすれば即座にメッセージが飛んでくる。警告文だったり、悪口だったり、おそらくウイルスが仕込まれているだろうＵＲＬリンクだったり。待ち伏せされて、いきなり襲われたのも一度や二度ではない。

　しかし、どうってことはない。

　メッセージは無視すればいいし、キルされたって何度でも復活してやる。何者も、私の知的好奇心を阻むことはできないのだ！

　ただ、キャメロット城に辿り着いたところでキルされたら、さすがにちょっと落ち込むかもしれない。これまでの数時間の道のりがまるっきり無駄になるのだから。

　とはいえ、結局は根比べだ。向こうも一日中、ゲームの中で待ち伏せしているわけにもいくまい。夏休みの学生以上に暇でない限り。

　道は必ず開けると信じている。

ケトルがピーッと音を立てる。お湯が沸いた。

「千香、何にする」

「シーフードある？」

「あるよ。ビッグじゃないけどいいか」

「全然いいよ」

「俺、チリトマトのビッグにしよっと」

やがて巧己が、シーフードヌードルとチリトマトヌードル、二つのカップを割り箸と一緒に運んできた。香ばしい匂い。

「千香、どうだった？　祥一の本の続き」

ぱきっと割り箸の音。

「何か祥一、凄い熱中してるね」

「そう、そうなんだよ」

キッチンタイマーを三分にセットして、巧己は笑った。

「いつの間にか祥一の方が熱くなっちゃってさ。俺は正直、宝さえ手に入るなら、穏便に済ませたいんだけど」

さて、私はモードレッドのようにケチではない。これまでに調べてわかったことを、ここにまとめておこうと思う。面白いと思ったらどんどん広めてもらって構わない。この探検記も資源の許す限り複製し、旅の途中であちこちに残してきている。

というのも、みんなにもっと知ってもらいたいのだ。ログレスというチームの魅力は、十億円のお宝だけではないのだと。

ログレスはとにかく強かった。

当時、ぶっちぎりの最強チームで、他のチームが束になってもかなわなかった。まず単純に、人数が多かった。多いときには数千人のメンバーがいたという。ほとんどのチームが数十人規模、多くても百人前後であることを考えると、文字通り兵力が桁違いである。

さらに、抜きんでたチート技術を持っていた。というよりも、ランドクラフトにチートという概念を持ち込んだのが、彼らだった。初期の2B2Dでは、ただ殴り合ったり殺し合ったりしているだけで、誰もチートなど使っていなかったという。そこに現れたのがアーサー。彼はたぶんコンピュータープログラムに詳しい人間だったのだろう、様々なチートを作って遊び始めた。気前よく仲間にもチートツールを分け与えたり、やり方を教えたりしていたという。そうしてだんだん、他のプレイヤーもチートを作ったり、使うようになっていった。今では2B2Dでチートを使うのは、ほとんど常識である。2B2Dの歴史は、ログレスの歴史でもあるのだ。

そんなログレスの主要メンバー、通称「円卓の騎士」たちは、みな個性豊かである。何人かを紹介しよう。

まずは何と言ってもアーサー。王であり、チームのリーダー。様々なチートを使いこなしていたが、最も有名なのは「エクスカリバー」と呼ばれるものだ。これは、反則的な性能の剣を作り出し、増殖させるというもので、ログレス兵の強さの理由でもあり、今日のお宝騒動の原因にもなっている。

次に、建築担当だったガウェイン。とにかく建物を作るのが好きなプレイヤーで、ログレスの城や要塞《ようさい》はほぼ全て、彼の設計によるものだそうだ。彼がアーサーと一緒に作ったチートは通称「ガラティーン」。あらゆる攻撃をよせつけないバリアを作る能力である。実際には、透明で破壊不可能なブロック「バリアブロック」を作り、壁のように積み上げるという仕様だそうだ。城の守りを固めたり、強度を高めるのに使ったと言われている。

チームの副官で、アーサーの右腕と言うべき存在だったのが、ランスロットというプレイヤーだ。チームの運営や、戦争の指揮も行っていたらしい。彼もアーサーの助言を貰いつつ、オリジナルのチートを作り上げた。そうして完成したのが「アロンダイト」。水を味方につけて使役する能力があるとか。

モードレッドというプレイヤーもいる。敵チームへの奇襲や破壊工作が得意だったらしい。「クラレント」という、雷の力を借りるチートを持っていたという。彼には謎が多く、あまり情報が出てこないのだが、ログレス滅亡の鍵を握っている。これについては後述しよう。

さて、お気づきの方も多いだろう。そう、彼らは今なお活躍している「ランスロット軍団」や「モードレッド一味」の首魁《しゅかい》なのだ。ログレスの物語は終わっていない。今なお続いているのである。

結成以来、ログレスに敵はいなかった。

他のチームと諍《いさか》いが起きるたび、相手を一方的に打ち負かした。連戦連勝、一年が過ぎる頃には事実上、ワールドの全てを手中に収めていた。ダイヤモンドや鉄が豊富に取れる鉱山も、小麦や家畜が豊かな平原も、みなログレスの領地だった。ログレスに反抗するチームたちは、ちりぢりになってゲリラ戦をしているような状態だったという。

その勢力絶頂の頃、スタートゾーンから遠く離れた美しい山岳に、城が作られた。

キャメロット城である。

難攻不落の要塞、アーサーの永遠の居城として築かれたこの城は、ログレスの威光そのものだった。建築にはガウェインを筆頭に数百人のプレイヤーがかかりっきりとなり、数ヶ月を要したという——

話が謎めいてくるのは、ここからだ。

キャメロット城が完成した矢先、突如としてモードレッドが反乱を起こすのである。そうして起きたのが「カムランの戦い」だ。

不意を突かれたログレスの軍勢はさんざんに打ち破られ、戦いはアーサーとモードレッドの一騎打ちになった。アーサーは敗北し、ログレスは総崩れになり、そのまま壊滅してしまう。モードレッドの暴れっぷりは凄まじく、彼にやられたプレイヤーは心が折れ、二度とログインする気がなくなるほどだった。ランスロットだけは最後まで抵抗していたものの、結局、側近を率いて逃げ出した。

これがのちの、ランスロット軍団となったようだ。

一方のモードレッドは好き放題を続け、やがて仲間を増やしてモードレッド一味となり、今でも暴虐の限りを尽くしている。

ログレスから生まれた、この善と悪の二つの勢力はお互いに相手を滅ぼす決定打に欠け、今でも小競り合いを繰り返しているわけだ。

もしモードレッド一味がアーサーの宝を手に入れたら、ランスロット軍団は簡単に滅ぼされてしまうだろう。逆にランスロット軍団が宝を手に入れれば、モードレッド一味を蹴散らしてログレスの再興が成るかもしれない。宝を手に入れた者が、ログレスを継ぐとも言えるのだ。


「あーあ。せっかく二人で調べたこと、何もかも説明しちゃってる。これでライバル増えたら、どうすんだよ」

巧己が呆れたように言う。その時、電子音が鳴り響いた。

「お、ちょうど三分だ」

巧己がタイマーを止めて、カップラーメンの蓋を開ける。千香もカップを受け取った。

しかし、なぜモードレッドは突然裏切り、牙を剝いて暴れ出したのだろう？

調べても、意見が割れていて、よくわからない。

「もともと裏切るつもりで潜伏していた」という説もあるし、「アーサーと今後の方針について揉めたから」という説もある。

私がランスロットにメッセージを送って聞いてみたところ、こんな回答が得られた。

「その方が面白いと思ったからじゃないかな？　2B2Dはそういうところだからね。僕たちは全然恨んではいないよ。遊びの幅が広がったから、感謝してるくらいだよ」

なお、モードレッドにも聞いてみたところ、意外にも返答が得られた。念のために全文を掲載しておく。

「これが最後の警告だ。これ以上宝の在処を探るな、貧乏人。キャメロット城まで来るようなら、こちらも最終手段に出る」

まるで会話にならない。困ったものである。

とにかく、謎なのだ。

裏切った理由だけではない。アーサーほどのチート使いや、強力な剣を持ったログレス兵を相手にして、どうやって勝ったのだろう。二度とログインする気がなくなるような戦い方とは、何なのか。雷を操るチート「クラレント」の能力とは。そしてアーサーは、なぜこの戦いを最後に消えてしまったのか。

私は真相を知りたい。

この足でキャメロット城に赴き、この目で現地を見て、調べるつもりだ。また、何かご存知という方は、ぜひ情報提供をお願いしたい。

八月二日　syo1

本を閉じて一つ溜め息をつく。頬の周りが火照っている。いつの間にか、夢中になって読んでいた。

感想を聞こうと振り返った時、巧己が呆れたように笑った。

「十億円さえ手に入れば、真相なんてどうでもいいと思うけど。祥一って、こういうのに熱くなれるのが凄いよな」

「あ。うん、そうだ……ね」

笑って誤魔化しつつ、千香は手にしていたキーホルダーをぎゅっと握る。

「ま、伸びちゃう前に食べようぜ」

二人でカップラーメンをすすりながら、再びキャラクターを歩かせようとした時だった。千香は画面に目を戻して、叫んだ。

「巧己、ストップ！」

スープを噴き出しそうになる巧己。千香は咄嗟に巧己の手をキーボードから払いのけ、キャラクターの歩みを止めた。

「いきなりどうしたんだよ」

「あそこ。誰かいる」

道の先、ガードレールの陰。地平線と重なるようにして、何者かが立っている。

「画面拡大できる？」

「えっと、こうだったかな」

アップで見ると、赤い目に黒い顔がはっきりわかった。待ち伏せしているのだろうか、動かない。巧己の表情が青ざめていく。

「モードレッド一味じゃないか。何人もいるぞ。いつ追い抜かれたんだろう」

「連絡を受けて、別動隊が来たのかも……とにかく、いったん隠れようよ」

二人はガードレールを乗り越えて道から外に出ると、岩陰に身をひそめた。

「来ないね」

「まだこっちに気づいてないのかな」

千香は赤い土ブロックを一つだけ掘り抜き、覗き穴を作った。

「きょろきょろしてるよ。私たちを探してるのかも」

困ったな、と巧己が俯く。

「どうする？　迂回してやり過ごすか。それともあいつらが諦めるまでここで待つか」

千香は高速道路上の光景に目を凝らす。

「いや、そうも言ってられなそう」

赤目たちの手には爆弾ブロックがある。無造作に十個ほど並べると、その場を離れ、躊《ちゅう》躇《ちょ》なく点火した。爆発音が断続的に轟いた。

「あぶり出すつもりだ」

近くの岸壁もろとも道路が崩れ、大穴が開いた。赤目たちはしばらく爆心地の周りをうろついてから、また別の一角に爆弾ブロックを並べていく。大雑把なやり方だが、彼らはそれを楽しんでいるようだった。

巧己ががたん、と椅子を鳴らして頭を抱えた。カップラーメンの汁が机にこぼれる。

「ああ、どうすりゃいいんだ。せっかくここまで来たのに」

そう、ここで死んだら全てやり直しだ。またスタート地点でゲートを探し、罠を見極めて、高速道路を延々と歩くなんて、考えるだけで気が滅入る。

再び響いた爆発音に、千香は顔を引っ込めた。さっきよりも近づいている。見つかるのは時間の問題だ。

「こうなったら、脱出だ」

巧己は呟くと、いきなり足元のブロックを掘り始めた。

「どうするの」

一つ、二つ、三つ。ブロックを掘るたび、巧己のキャラクターが大地にめりこんでいく。

「ゲートを作って、ボスステージから抜けよう。通常空間に戻るんだ」

「え、目的の座標はまだ先だよ」

「そうだけど、仕方ない。近くまでは来てるんだ、残りは普通に歩けばいいさ。今はとにかく、奴らの追跡を振り切らないと」

「だけどゲートを作ったら、そこで抜けたってバレる」

「だからうんと地下深くまで掘ってから、見つからないようにゲートを作るんだよ。千香も手伝ってくれ」

「なるほど」

巧己が掘り進めている穴に千香も飛び込んで、一緒にブロックを掘った。みるみるうちに穴は深くなっていく。

「急ごう。それから掘った穴は、できるだけ埋めなおすんだ」

またも爆発音が聞こえてくる。さらに近づいてきている。二人がかりで何十ブロックか掘ったところで、巧己が今度は横に穴を広げ始めた。

「深さはこのくらいでいい。次はゲートを建てるだけのスペースを作らなきゃ」

闇の中を手探りで掘っていく。何とかそれなりの空間が確保できた、その時だった。すぐ近くで爆発音が鳴り響き、画面が激しく揺れた。

「やられたかっ？」

巧己が叫んだが、二人のキャラクターは無事だった。

「大丈夫、だけど……」

ぱっとあたりが明るくなった。

巧己が松明《たいまつ》でもつけたのかな。千香が振り返ると、巧己と目が合った。違う、これは松明じゃない。二人で同時に上を見る。

「まずいぞ、千香！」

溶岩が、真っ赤に輝きながらどろりと流れ込んできた。

「最悪だ。爆発でぶち抜かれて、溶岩の池と繋がったんだ」

「焼け死んじゃうよ。横穴を掘って外に出る？」

「いや、時間がない。このまま行こう」

巧己は叫ぶと、溶岩にあかあかと照らされる中、ゲートの材料を積み始めた。

「本気？」

「むしろ好都合だよ。溶岩に埋まってしまえば、やつらもゲートを見つけられない」

「でも、間に合うかな」

「喋ってる暇があったら、千香も手伝ってくれ！」

もう、やるしかない。千香は所持品リストから赤土のブロックを選び、手に持った。さっき穴を掘った時に手に入れたものだ。流れてくる溶岩がせき止められるよう、手前にポンポンと置いていく。

ランドクラフトの溶岩はかなり粘性があり、ゆっくりドロドロと進む。これで少しは時間が稼げるだろう。とはいえ溶岩は天井から際限なく入ってくる。いずれ焼けた岩でこの空間が埋め尽くされるのは間違いない。

「巧己、まだ？」

早くも手持ちのブロックが尽き、千香は振り返る。

「あ、焦らすなって。ただでさえキーを押す手が震えるんだ。作り間違えたら直してる時間はないからな」

巧己は慎重にブロックを積み、四角い枠を作っていた。何とか間に合いそうだと思った時、またも爆発音が響く。千香は目を見はった。壁の一つが丸ごと消え失せ、そこにも溶岩の池、いや溶岩の壁が現われた。

「もうだめ！」

溶岩が千香に向かって一斉に崩れ落ちてくる。ブロックを並べたくらいでは抑えきれない。キャラクターに睫毛《まつげ》があったら、一本残らず焼け落ちそうだ。

「あとは火打ち石を使うだけだ」

シュボッ、ゴボゴボ。やけにリアルな、溶岩が泡立つ効果音がそこら中から聞こえてくる。画面が赤い輝きで埋め尽くされていく。全身が溶岩に飲まれた。ダメージを受ける音がする。ハートが凄まじい勢いで減っていく。

「できたぞ、入れ！」

巧己の声を頼りに無我夢中で後退し、紫の光を目指してキーボードを押し込んだ。あたりはもう、真っ赤だ。燃え盛る効果音と、ダメージの音だけが断続的に続く。ふと、真紅に染まった画面が歪み、暗転する。

間に合って、お願い。

無意識のうちに、千香はキーホルダーを握りしめていた。

画面にロード中という表示が出た。成功だ。一瞬早く、ゲートに入れた。

何とか焼死しないですんだ。ギリギリだった。

「今日はずっとこんなことばかりしてる気がする……」

千香は胸をなで下ろす。巧己もため息をついた。

「カップラーメン、伸びちゃったな」

「ねえ、ロードが終わったら、一回休憩しようよ。もうくたくた」

「そうだな」

指でまぶたを押さえつつ、巧己も賛成した。

「だいぶ距離は稼げたし、スタートゾーンの壁も抜けた。この先の旅はもう少し楽になるはずだ」

千香の顔もほころぶ。

「そっか、もうあんな殺伐とした景色じゃないね。きっと木が生えてて、リンゴがなってて、牛や豚がいるよね」

「小麦だって見つかるはずさ。これだけスタートゾーンから離れてしまえば、他のプレイヤーもほとんどいないと思う。たっぷり物資を集めて、祥一の足取りを追おう」

「切り抜けたね」

「ああ、俺たちは勝ったんだ」

頷きあった時、画面が切り替わった。

「えっ」

二人、同時に息を呑む。そこはどこまでも青く薄暗い世界。

「何ここ」

よく見ると、下の方に地表らしきものが見える。そこから緑色の細長い草が天に向かって伸びている。ふい、と目の前を何かが横切った。甲羅を背負った丸っこい生き物がふらふらと漂っている。

カメ?

ふと、満腹度を示す骨付き肉マークの上に、丸い泡のようなマークが並んでいるのが目についた。何だっけ、あれ。見覚えがあるけれど。

先に気づいて声を上げたのは巧己だった。

「ここは水中だ、千香! このままじゃ溺れ死ぬぞ」

嘘でしょ、そんなことあるの。

慌てて水をかき、水面を目指す。よりによって、ゲートが開いたのが海底だったらしい。懸命に浮き上がる間にも、息が続く残り時間を意味する泡のマークが、一つずつ割れては消えていく。

「死ぬ気で水面に向かって泳げ」

キーボードを思いっきり叩き、キャラクターを全力で浮上させる。

赤や黄色の魚が、物珍しそうにこちらを見ながら、優雅に泳いでいる。はるか先の水面で、日を受けた波がきらきら光っている。さっきまでは溶岩の中で水が恋しかったのに、今度はその水に殺されそうだ。

「もう少しだ、連打を緩めるな」

水面が少しずつ近づいてくる。だんだんあたりが明るくなっていく。あとちょっとで手が届く、あとちょっとで息が吸える。少しずつ視界が赤黒く染まり、ぼやけていく……。

ぷはっ。

そんな音が聞こえてきそうだった。息が尽きるより少しだけ早く、二人は水面に顔を出していた。

「おいおい、冗談だろ」

それだけ言って、巧己が絶句する。千香もあたりを見回して啞然《あぜん》とした。

見渡す限り大海原が広がっていた。

「ねえ、巧己。木どころか、草一本見当たらないんだけど」

「そうだな」

「そうだな、じゃないよ！　全然切り抜けてないじゃない」

「それ、お前が先に言ったんだろ！」

二人で喚《わめ》きながらしばらく泳いでも、陸地は見えてこなかった。やがて日が沈む頃、ようやく砂ブロックでできた小島を見つけ、二人はほうほうのていで上陸した。ほんの三ブロック四方ほどの島の頼りなさときたら。木もなければ草もない。動物一匹見当たらない。これでは食料も得られないし、道具や船はもちろん、ろくなアイテムが作れない。ロビンソン・クルーソーでも頭を抱えそうな状況である。

疲れ切ってしまった二人は、ついにそこでログアウトした。

「あーあ。さんざんな一日だったなあ」

ぶつぶつ言う巧己と一緒に、千香はカップ麺をすすった。すっかり冷め、麺がスープを吸いきっていて食感は最悪。ただ、お腹が空いていたせいか、割と美味しかった。

「なあ千香」

巧己がおずおずと言う。

「今日だけって話だったのに悪いんだけどさ。明日もその、手を貸してくれないかな」

やっぱり、そうなるか。

千香はすぐには答えられなかった。確かに祥一は心配だし、これじゃ中途半端だ。でも、テスト勉強だって大事である。

「ちょっと考えさせて。明日の朝までに決めるから」

「わかった。また迎えに行くよ。ありがとな、千香」

窓の外ではとっくに日が沈み、星が瞬《またた》いている。

ずいぶん大旅行だった気がするけど、実際にはこの部屋に来てから一歩も外に出ていない。

不思議な一日だった。

4

逃げても逃げても、追いかけてくる。

四角いポリゴンでできた殺人鬼が、赤い目を光らせて、執拗《しつよう》に忍び寄ってくる。千香は何度も後ろを振り返りながら、夜の街を右に曲がり左に曲がり、がむしゃらに逃げ続けた。もうだめ、これ以上は走れない――そう思ったところでようやく気配が消えた。呼吸を落ちつけながら、千香は背後に広がる闇をじっと見つめる。

大丈夫だ。確かに逃げ切った。

ほっと胸をなでおろして家に入る。もうへとへとだ、早くベッドに寝っ転がりたい。

自分の部屋の扉を開けて、千香は息を呑んだ。布団が不自然に盛り上がっているのだ。だめだ、開けちゃいけない。そう頭ではわかっているのに、吸い寄せられるように近づいてしまう。そっと手を差し出し、布団を摑んでめくり上げる。赤い光が、滲《にじ》むように漏れ出る――

気づくと自分の部屋で、天井を見上げていた。背中にぐっしょりと汗をかいている。千香は掌で目を覆い、唸った。

「ああ、もう。夢に決まってるのに。すっかり騙された」

窓からは月の光が指しこみ、デジタル時計は午前三時を示している。両親は深い眠りの中にいるのだろう、時が止まったように静かだった。

「昨日ゲームしすぎたせいだ」

体を起こす。冷たい汗が滲んでくる。机の上、こちらを向いているクリッパーのキーホルダーと目が合った。一つ息を吐く。

夢にまで出てくるこの感じ、いつかと同じだ。私、ゲームにのめり込んでいる。

千香は卓上灯をつけ、勉強机に腰掛ける。開きっぱなしの英語の参考書に目を落とす。

確かに勉強の予定は一日分遅れてしまった。でも、私が心配なのはテストじゃない。ゲームに魅了されるのが怖い。祥一に言われるまでもなく、あの世界にはそれだけの魅力がある。夢中になっていると、大事なことを見失ってしまう。

あの時みたいに。

祖父の顔が思い浮かんだ。驚いたように千香を見つめ、それから悲しそうに微笑む、あの表情。目を閉じても消えてくれない。すっかり記憶に焼き付いてしまっている。

「あんな気持ち、もう味わいたくないよ」

千香はペンを持った。問題に目を走らせ、一つずつ解く。頭の中からゲームを追い出し、代わりに英語で埋めていく。そんなに面白くはないけれど、私を正しい方向に導いてくれるだろう学問。

ちょっと難しい問題に出くわした。手が止まり、無意識にペンを回し始める。

次に2B2Dにログインしたら、絶海の孤島からのスタートだ。アイテムも資源もないのに、どうしたらいいだろうか。

いつの間にかゲームに気が逸れていて、千香は慌てて首を横に振り、イメージを振り払う。英文を睨みつけ、集中するよう自分に言い聞かせた。

「千香ーっ。巧己君、来たよーっ」

母の声に、机の上で目覚めた。

いつの間にか突っ伏して眠り込んでいたらしい。卓上灯はつけっぱなし、参考書には涎《よだれ》の染みができている。勉強はあんまり進んでいない。

「今行く」

何やってんだ私、バカバカバカ。

自己嫌悪に浸《ひた》りながら着替えていると、階下から声が聞こえてきた。

「ごめんなさいね、あの子、朝ご飯も食べないままで。学校がある日もそうなのよ。そのくせ後から、お弁当が足りなかったとか言うの。巧己君はどう?」

「俺、朝からがっつり食う方なんで……あ、でも弁当は俺も足りないっすね」

また母は余計なことを言っている。困った顔で受け流している巧己の姿が目に浮かぶ。

「それにしても昨日から熱心ね、何やってるの」

「えっと、友達のピンチを助けに、と言いますか」

巧己が言葉に詰まっている。千香は慌てて階段を下りていくと、母の背中に向かって叫んだ。

「勉強だよ、祥一の家で、みんなで勉強会。それぞれ苦手な分野を助け合ってるの」

「あら、そうだったの」

千香は懸命に巧己にウインクしてみせる。巧己も「そうなんです、祥一も一緒に。はい」と話を合わせてくれた。

「じゃあ、サンドイッチでも持って行ったら。三人分には足りないかもだけど」

母は台所に引っ込むと、何か支度し始めた。

「え、いいよ」

「昨日みたいに遅くまでかかるんだったら、お腹が空くでしょう」

「それは、まあ……」

「インスタント食品もいいけど、そればかりじゃ栄養が偏《かたよ》るから。あなたたちは成長期なんだし、口に入れるものは大事よ。いいから待ってなさい」

こうなったら母は後に引かない。途方に暮れて千香は巧己を見上げる。

「いいお母さんじゃないか」

巧己が微笑む。千香は口の中をもごもごさせた。

別に私だって、悪いお母さんだなんて思っていない。

外は相変わらずの蒸し暑さだけれど、分厚い雲が日差しを遮っているおかげで、昨日よりだいぶましだった。夕方には一雨来るかもしれない。

「ダメだよ巧己。テスト前にゲームしてるなんてお母さんが知ったら、絶対止めさせられる。聞く耳持ってもらえない」

「そうなのか。悪かったな、嘘つかせちゃって」

自転車をこぎながら、巧己が言った。

「仕方ないよ。大丈夫」

「だけど千香、こうして出てきてくれたってことは、今日も……」

千香はため息交じりに肯定した。

「本当に、手伝うのは今日が最後だからね」

「ありがとな」

千香は片手で巧己の腰にしがみつき、片手で背負ったリュックサックの紐を握りしめた。中では英語の参考書とノート、そしてサンドイッチの詰まったタッパーが揺れている。

巧己がぐいっとペダルを踏み込む。坂の頂点を越えて下りに差し掛かり、初めはゆっくり、次第に勢いが増していく。風が、二人の服をばたばたとはためかせる。

「千香が頑張ってるの、ＴＯＥＩＣ、だっけ？」

「そう。国際コミュニケーション英語能力テスト」

「それ受けると、何かいいことあるの」

「もちろん。就職にも役立つし、英語力が身につくもの。これからの時代、大事なスキルはとにかく英語だって、先生もお母さんも言ってたよ」

商店街を抜け、自転車は滑るように川沿いを走っていく。

大きなビルの影に入ると、急に肌寒く感じた。駐輪場の隙間に巧己は愛車を滑り込ませると、ブレーキも使わずにぴったり止めた。

「大人の意見に従えるの、偉いなあ」

「別に、従ってるというわけじゃないけど……巧己はどうなの」

「俺?」

「何のために宝を探してるの」

「そりゃ、その。言わないとダメかな」

「ダメ」

巧己は口ごもっていたが、千香が引き下がらずにいると、やがてエレベーターの中で、恥ずかしそうに教えてくれた。

「ええっ、じゃあ彼女のためなの?」

巧己は「でかい声で言うなって」と唇の前で指を一本立ててから、ぼそりと呟いた。

「誰にも言うなよ。うちの親も知らないんだ。ばれたらお前から漏れたってわかるからな」

祥一の部屋に入る。中は昨日と変わりがなかった。ゴミ袋の中に二つ、カップラーメンの容器が入っていて、少しチリトマトの残り香がある。

「言わないよ。でもまさか、高校生の彼女がいたなんて。しかも大海高校だなんて、頭いいんだね」

照れくさそうに頰を搔く巧己が、やけに大人に感じられた。

「医学部を目指してるんだ。お金がかかるんだって。特に私立だと、二千万とか三千万とか。だから俺、金なんか気にせず勉強頑張れって、まあ、彼氏として言ってやりたくてさ。だから十億円とは言わないけど、ちょっと金、欲しくて」

「彼女思いじゃない。どういうとこが好きなの？」

「どこって、全部だよ」

「どうやって知り合ったの」

「もういいだろ。先に祥一を追っかけようぜ」

「教えてよ」

「あーもう、バッティングセンターで忘れ物を届けてくれたのがきっかけ！　これでいいだろ」

顔を赤くしている巧己に、千香はちょっとだけ尊敬の眼差しを向けた。

自分の考えで、前に歩いてるんだ。

「さ、祥一を助けに行くぞ」

「うん」

二人でパソコンの電源をつけて、ランドクラフトを起動する。２Ｂ２Ｄに入場を申し込み、しばらく待つ。

ディスプレイが切り替わる。しばらくロード中と表示された後、ぱっとあたりが明るい光で満ちた。

「えっ」

二人の口からそんな声が、ほとんど一緒に漏れ出た。


絶海の孤島、だったはずなのに。

「何これ」

そこはカラフルで楽しげな遊園地だった。

夢でも見ているのかな。思わず一歩前に出ると、足元でカチリと音がした。地雷？　冷や汗が流れたが、爆音の代わりに鳴り響いたのはファンファーレだった。

「うわっ！」

巧己が飛び上がる。足元に敷かれたタイルが、七色に明滅し始めたのだ。道の両脇に並ぶ屋台に一斉に明かりがつき、その向こうで観覧車がゴンドラを揺らしながら、ゆっくりと回り出す。シューッという音に振り返ると、レールの上をトロッコが走っていた。上がったり下がったり、捻れながら一回転したり、ローラーコースターのように駆け巡る。

「音楽が流れてる」

巧己はふらふらと、吸い寄せられるように屋台の方へと歩いていく。おそるおそる千香も後に続いた。

「店員さんはいないね」

「でも、色々置いてあるぞ」

ケーキ、炙《あぶ》った骨付き肉、クッキー、パンプキンパイ、八つ切りのスイカなど、貴重な食料アイテムがよりどりみどりだ。それぞれの陳列棚の下には押しボタンがある。

「ちょっと。押すの？」

ボタンに手を伸ばす巧己。千香は止めようとしたが、遅かった。

「すごいぞ！　これ、自動販売機だ。無料でいくらでも出てくる」

巧己がカチカチカチとボタンを押す度、ポンポンポンとホールのショートケーキが飛び出してくる。カチカチ。ポンポン。カチポンカチポン。現実ではありえない勢いでケーキが噴き上がっているのは、シュールな光景だった。

「勝手に食べない方がいいんじゃない」

「でもさ、これで食料問題は解決じゃないか」

アイテムをたっぷり拾った巧己は、色んなものを食べながら歩く。バリバリと咀嚼する効果音が響く。

「あ、千香。見てみろ」

巧己は屋台の一つを、齧りかけの骨付き肉で指さした。

「わっ、武器や鎧まで?」

装備品はもちろん、薬や宝石、資材や道具……およそランドクラフトに存在するほとんど全てのアイテムが、ずらりと並べられていた。中にはダイヤモンドなど、普通にプレイしていたら滅多にお目にかかれない貴重品まである。やはり下には押しボタンがあり、どうぞご自由に、と言わんばかりだ。

「千香、見て見て」

振り返ると、巧己がボタンを連打していた。

「ほら、宝石のシャワー!」

「わ、ちょっと、よしなよ」

巧己の周囲、そこら中にアイテムが散らばってしまっている。

「いくらなんでも話がうますぎるよ。後から誰かに代金を要求されたらどうするの」

「うおお、あっちには射的コーナーがある。こっちは噴水だ、でっか!」

「話聞けって」

巧己は全身に最高級のダイヤモンド装備を着込み、走って行く。道の脇には看板が立っていた。「中央通り」と書かれている。

「変だと思わないの、巧己。いきなりこんなのって、どう考えても」

「わかってるよ、変だよ。でも調べてみなきゃ始まらないだろ?　考えたってわからないしさ」

それもそうだけど。

通りを進んでいくと、やがて円形の広場に辿り着いた。レンガに囲まれ、花壇で美しく彩られた中に、噴水がある。あたりには川が流れていて、橋の下でゴンドラが揺れ、水晶が輝く洞窟が口を開いている。噴水の向こうには何やら大きなオブジェがそびえ立っていた。近くまで来て眺めたところで、千香は絶句した。

「何だこりゃ、ハハハ」

巧己はおかしそうに膝を叩いて笑っているが、千香は気味が悪いと感じた。まるで大仏のごとく、巨大な像が二体、こちらを見下ろしているのである。その姿には見覚えがあった。

「私たちのキャラクターだ……」

知らない街で、駅前に建てられた自分の銅像に出くわしたとでも言おうか。そばには立札もある。

〈素敵なゲームライフを、chika-chan と gg-taku へ。平和を愛する正義の騎士たちより〉

「よくわかんないけど、歓迎されてる感じかな?」

巧己は無邪気に笑っている。

「それにしたって、これはちょっと悪趣味っていうか」

「誰かいるぞ」

すぐに千香も気がついた。像の足元にプレイヤーが三人立っていて、一人はこちらに手を振っている。鎧も着込んでいないし、武器も持っていない。

〈やあ、また会ったね〉

手を振っているのは青髪の青年。Lance999というプレイヤー名が見える。

「ランスロットさんじゃないか」

さっそく巧己が歩み出ると、メッセージを送った。

〈昨日はどうもありがとうございました。高速道路で、危ないところを助けてもらっちゃって〉

〈いやいや、元気そうで何よりだよ〉

〈もしかしてこの遊園地、ランスロットさんが作ってくれたんですか？〉

〈そうさ。気に入ってくれたかな〉

ランスロットはあたりを見渡しながら続けた。

〈君たち、この島で遭難《そうなん》してたんだってね。パトロール中の仲間が見つけて、僕に報告してくれたんだ。何か力になりたいと思ってさ、みんなでこしらえたんだ〉

ランスロットは隣のプレイヤー二人を代わる代わる見る。二人はそれぞれ頷き、手を振ってみせた。

〈君たちの驚く顔が見たくてね〉

〈めちゃくちゃ驚きましたよ。島のサイズがもう、変わってるんですもん〉

〈そうだろう、三百倍ほどになってるからね。それから見て、こんな仕掛けもあるんだよ〉

ランスロットの言葉に、部下らしきプレイヤーが頷くと、像のそばに据え付けられたレバーを引っ張った。すると音楽が変わり、像の背後から花火が打ち上がった。花火の炸裂《さくれつ》に合わせて、像の目が光る。嬉しそうに飛び跳ねるランスロットたち。

〈どうだい、これ。笑えるよね〉

どう反応したらいいかわからずにいると、三人はじっと千香たちの顔を覗き込んできた。

〈あれ？　気に入らなかったかな。いいアイデアだと思ったんだけども〉

〈いいえ、気に入りました、気に入りました！　本当にありがとうございます〉

巧己は慌てて礼を言う。

〈ならいいんだ、アハハ〉

「この人たち、ちょっと怖くない？」

千香はひそひそ声で巧己に言う。

「うーん。ただ、今は機嫌を損ねない方がいいだろ」

〈ところで君たち、どこかのチームに所属しているのかな？〉

〈いいえ、入ってませんが〉

〈そうか！　もしよかったら、ランスロット軍団に入らないか〉

千香と巧己は顔を見合わせる。

〈今は、ちょっと忙しいんで……〉

〈僕たちはね、ただ群れているだけの他のチームとは違う。高い理想を抱いているんだ。

何でもありと言われているこの2B2Dに、秩序をもたらそうとしているんだよ〉

演説でもするかのように、ランスロットは話し出した。

〈たとえばいくらチートが自由だからといって、サーバーを壊すようなチートを使ったら？　遊べなくなってしまう。初心者狩りは面白いけれど、根こそぎキルし続けたら？　誰も来なくなっちゃう。この楽しいワールドを守るためには、誰かが最低限の秩序を作らなくてはならない。やりがいのある仕事だと思わないかい〉

〈興味あります。でも、今は友達を探してるんで、その後でもいいですか？〉

巧己がそう言うと、ランスロットは食い下がった。

〈チームに入ってくれるなら、その友達探しにも協力するよ〉

〈えっ、本当ですか〉

〈もちろん。仲間同士、助け合わなきゃね。僕たちのパトロール隊はワールド中にいるから、二人で探すよりずっと効率がいいはずさ。それに見たところ、君たちはチートを使わずに旅をしているようだけど？〉

〈あ、はい。そうです〉

〈やっぱりそうか！　君、そりゃあキャンプにナイフを忘れたようなものだよ。落下回避にアイテムサーチ、罠チェックに腹減り緩和、水中呼吸、そして自動歩行。ね、せめてこれくらいのチートがないと快適な旅はできないよ、そうだろう〉

〈確かにそうですけど、俺たち、チートとかよくわかんなくて〉

〈なら、いいものをプレゼントしよう。何だと思う、これ〉

ランスロットはガラス瓶を取り出して見せた。中には澄んだ赤い薬が詰まっている。

「回復アイテムのライフポーションかな？」

「ちょっとデザインが違う気がする。あれ、高速道路の非常用ボックスにも入ってたぞ」

〈これは僕たちランスロット軍団が作ったチートアイテム「聖杯」だ。この薬を飲んだ者は、その身にとてつもない力を宿す……というとかっこいいけど。実はこのアイテムを使うと、パソコンにチートツールがセットされて、すぐに使えるようになるんだ。ほら、チートってクライアントとか、インストールとか、有料なのもあったりとか、色々わかりにくいだろ。初心者でも気軽に使えるように、その辺を簡略化したものを作ったんだ。画面に出てくる指示に従っていけば誰でも利用できて、必要な機能は全部揃い、もちろん無料。ランスロット軍団のメンバーはもちろん、たくさんのプレイヤーに利用してもらってる。あ、プレミアム機能といって、一部の機能だけはチームメンバーにならないと使えないけどね〉

「そうだったのか。これは普通にありがたいな」

巧己が呟き、千香の方をちらりと見る。

「どうする？」

「私、チートにはちょっと抵抗があるよ。それにせっかくチートなしでここまで来たんだから。私は最後までこのやり方でやってみたい」

「でも千香、目的はゲームのクリアじゃなくて、祥一を見つけることだろ？　なら、最短距離を進むべきなんじゃないか」

「それは……」

千香はそこで黙り込んでしまった。

〈どうする？　これ、百パーセント善意の提案なんだけどな〉

ランスロットが首を傾げる。取り巻きの一人が口を開いた。

〈そもそもチートの便利さ、知らないんじゃない？　あれ、見せてやったら〉

ランスロットが頷いた。

〈なるほど。それもいいね〉

そう言うなり、滑らかな動きで剣を鞘から抜いた。深い青の刀身がきらりと光る。千香たちに向かって軽くウインクし、呪文らしきものを唱える。

〈湖の精《ニミュエ》よ、我が「アロンダイト」の声にこたえよ〉

芝居じみた動きで剣を掲げると、背後の噴水が噴き上がった。

細い水の柱が何条か現れるやいなや、蔦のごとくしなり、絡まり合って渦を巻く。渦は球となり、厚みが増し、少しずつ人の形に変わっていく。やがて真っ青な姿のキャラクターが四人、ものも言わずにそこに立っていた。

巧己と千香は、ただ見とれているばかり。

〈さて、おたちあい。今、動かしてみせるからね〉

ランスロットが軽く剣を振るうと、青い四人が走り出した。噴水に取りつくなり、猛然と解体し始める。

〈何を作ろう。何がいい？　そうだ、日本の塔でも作ろうか〉

壮麗《そうれい》な噴水が更地になるまで、一分かかったかどうか。次に四人は、ブロックを積み上げ始めた。整然と役割分担された、無駄のない動き。人間が動かしていたら、こうはいかない。

〈ボット《BOT》だよ。命令さえすれば、自動で色々作ってくれる。予《あらかじ》め設計図を作って、プログラムしておく必要があるけどね〉

みるみるうちに千香たちの目の前で、五重の塔らしきものが組み上がっていく。四体のボットは空中に浮かび上がり、片時も休まずに作業を続けていた。

「凄い……」

千香はあたりを見回した。なるほど、あのチートの力があれば、一晩で孤島を遊園地に変えるくらいはできるだろう。

〈ま、チートはこんな風に便利なものなんだ。中でもこのアロンダイトは特別だけどね。使わなきゃ損というか、そもそも他のプレイヤーと対等に勝負もできないってこと、わかってくれたかな〉

「確かにな。相手がチートを使ってきたら、こっちも使わないと一方的にやられるだけかも……」

巧己は納得しているようだが、千香は素直に頷けなかった。

「今まで何とかなってきたんだし、大丈夫じゃないかな」

そのまま黙り込んでしまった千香を見て、巧己が言う。

「じゃあ、ここで二手に分かれようか」

「えっ」

「俺、ランスロット軍団に入るよ。チートも試してみようと思う。その方が早く祥一まで辿り着けそうだ」

「何それ。私は一人で歩いてキャメロット城まで行けってこと？」

「というより、千香はここまででいいよ」

「いい、って」

「今日だって無理言って出てきてもらったもんな。助かったよ、ありがとう。ここからは俺一人で何とかやってみる。英語の勉強、あるんだろ？」

「あ……」

「また何か困ったら連絡するよ。ＴＯＥＩＣ、頑張ってな」

巧己の笑顔が眩しかった。

何と言っていいかわからず、千香がぐずぐずしているうちに、巧己がランスロットにメッセージを送ってしまった。

〈わかりました。俺、ランスロット軍団に入ります。チート、使ってみたいです〉

〈お、そうかい？　嬉しいな〉

巧己がランスロットとその取り巻きに囲まれるのを、千香は一人、置き去りにされたような気分で眺めるばかり。

〈入るのは君一人だけ？〉

〈はい、あの子はこれからちょっと用事があるんで〉

〈なるほどね。じゃあまずは仲間に紹介したいから、基地に来てくれるかな〉

〈遠いんですか〉

〈直線距離で四千ブロックくらい先だね〉

〈遠すぎでしょう〉

〈大丈夫、チートを使えばひとっ飛びだよ。さあ、この聖杯をあげるから使ってみて〉

〈了解です〉

早くも打ち解けた様子の巧己とランスロットを眺めながら、千香はゲームからログアウトし、パソコンをシャットダウンする。ディスプレイは暗くなり、ファンの唸り声が消えた。

「巧己。ねえ、巧己」

翳りつくように画面を見ていた巧己が、こちらを向いた。

「あ、うん。コップとか、そのままでいいから。そうだ、帰り道は送らなくて大丈夫？」

「大丈夫。川沿いに歩けば駅だよね。後はわかるよ」

「そっか」

白い歯を見せて笑う。

「ありがとな、千香。また連絡する」

「うん……」

千香はその場を離れがたかった。だけど、ずっとここにいるわけにもいかない。足音を立てないように玄関まで歩いて行くと、そっと扉を開く。

「バイバイ、巧己」

小声で言って、返事を聞く前に扉を閉めた。

エレベーターに乗り込み、一階のボタンを押して項垂れた。思わず溜め息が出る。希望どおりテストの勉強に戻れるというのに、どうしてこんな気持ちになるのだろう。

ううん、本当はわかってる。

巧己と最後まで冒険したかったんだ。この二日間、楽しかったあの頃が帰ってきたみたいで、嬉しかったんだ。

三階で、大きな段ボール箱を抱えた配達員さんが乗り込んでくる。千香は後ろに下がり、リュックを肩から下ろしてお腹の前に抱えた。

英語の参考書の角張った感触。サンドイッチが詰まったタッパー。それらを一緒くたに抱きしめながら、千香は瞬きする。睫毛がそっと、頼りなく揺れた。

私って、中途半端だな。それに比べて巧己は大人だ。気遣ってくれたし、優しかった。

エレベーターの扉が開く。配達員さんは片手で扉を抑えてくれた。千香は頭を下げると、鞄を抱えて駆け出した。

昔より少しは成長したつもりでいたけれど。私はまだ、自分を好きになれそうにない。ずいぶん長いこと、自信を失ったままな気がする。

千香の頭に、いつかの光景が鮮やかに蘇る。

晴れ渡った青い空の下、中庭に設けられたパーティ会場。テーブルにはケーキや肉が山ほど並んでいて、すぐ近くにはダンスフロアもある。飾られたお花の影には、隠しスイッチ。それを押せば音楽が流れ出し、背後のお城がライトアップされ、花火が次々に打ち上がるのだ。準備はすっかり整っている。

しかしお客さんは誰もいない。

千香は一人ぼっちで、テーブルについている。

誰も来ないのが薄々わかっているのにまだ、待っている――


それは小学四年生になってすぐの頃。

「どうだい、学校は」

祖父が安楽椅子で揺れている。

「もう、大変。宿題が多くて、それだけでも嫌なのに。最近はお母さん、英語の塾に行けって言うの。どうせそのうち自動翻訳機とかが出て、人間が頑張らなくても話せるようになると思うんだけどなあ」

千香はフローリングに寝っ転がって、テレビを眺めていた。

「お母さんは、ちかちゃんの将来が心配なんだよ」

「ずるいよ。そう言われたら、子供は反論できないもん」

祖父が困ったように微笑んでいたので、千香は付け加える。

「時々こうしておじいちゃんの家に寄っていくのが、楽しみかな」

「そうかい」

「おじいちゃんは元気？　こないだ、病院に行ったたって聞いたよ」

祖父はヘリコプターの形をした玩具を棚から取り、ねじを巻いた。

「なあに、ただの検査だよ。年だからね、時々見てもらうんだ」

ぱっと手を離すとプロペラが回り、ヘリコプターは吹き抜けを越えて二階まで飛び上がっていく。ひゃあっ、と祖母が大げさに驚く声が聞こえて、千香はくすくす笑った。

「それよりちかちゃん、今年もランドクラフトで、アニバーサリーパーティを開くの？」

「もちろん。今日はその相談がしたくて来たの」

千香は鞄を開き、ノートを取り出して広げ、ボールペンを握る。

「今年は派手にやりたいなあ。おじいちゃん、何かいい案ある？」

「そうだね。音楽を流してダンスパーティなんかどうだい」

「音楽を流す家具なんてあったっけ？」

「あるある、レコードブロック。材料を集めないとならないけど」

「じゃあお城の庭にダンスフロアを作ろう」

「石ブロックの上にカーペットを引いたら、それっぽくなるんじゃないかな」

「そうだ、花火も打ち上げたい」

アニバーサリーという概念を教えてくれたのも、毎回一緒に色んなアイデアを出してくれるのも、祖父だ。ワールドを作ってから、千香は毎年欠かさず建国記念のパーティを開いてきた。

「今年もお友達を招くのかな」

「うん。巧己と祥一でしょ、前のクラスの子たちに、新しいクラスのみんな……全部で四十人くらいになるかも。ちょっと多すぎるかな」

指折り数えていって、ふと千香は顔を上げた。祖父が優しい目でこちらを見つめている。

「どうしたの、おじいちゃん」

「いいや。巧己君っていうのは、なに大臣だったっけ」

「探検大臣。祥一が道路大臣」

そっか、と頷く祖父。

「最初のアニバーサリーは、ちかちゃんと二人だったのにね。たくさん友達ができて、よかったね」

「まだまだ。おひさま王国はもっともっと、大きくなっていくよ」

「そうだね。嬉しいね」

にっこり笑った唇の端には、深い皺。頭髪も眉毛も真っ白で、とんがった鼻には染みが見える。熟れた果実のようなオーデコロンの匂い。ずっと同い年のお友達のような気分でいたけれど、千香は初めて相手の年齢を意識した。

おじいちゃん、ちょっとやせたみたい。

アニバーサリーのプランが決まってからは、忙しくなった。

ダンスフロアを作ったり、花火やケーキを用意したり、仕事は山ほどある。日中は祖父に材料を集めてもらい、学校が終わってから千香が作業をする、という役割分担だ。

「おじいちゃん、エメラルドブロック、もっと欲しいんだけど」

「近くの鉱山は掘り尽くしちゃったみたいでね、今探してるとこ」

「頑張って！　このままじゃ半分、張りぼてになっちゃう。お客さん、がっかりしちゃうよ」

「はいはい」

千香は張り切っていた。

去年のアニバーサリーでは、ランドクラフト博物館を作ってクラスメイトを招待した。巧己や祥一にも手伝ってもらい、貴重なブロックやアイテムを展示し、内装にもこだわった。

大変だったけれど、招待したクラスメイトたちの歓声を聞き、全てが報われた気がした。

次の月曜日、千香はクラスのランドクラフト博士になっていて、おひさま王国の国民名簿は一挙に三十四人に膨れ上がったのだった。

　今年も三十人くらい新メンバーが増えるかもしれない。千香は心おどらせながら、招待状を作り上げた。

　だが、みんなの反応はあまり芳しいものではなかった。

　たとえば巧己に声をかけても「そっか、今年もやるんだ」と言っただけ。そのままランドセルを背負い、廊下に出て行ってしまう。去年は「ねえねえ、俺は？　俺は何をしたらいい？」とか「なあ、千香のダイヤブロック一つくれよ！　代わりに手伝い、何でもするから」とか、言ってくれたのに。

　他の男子に引っ張られていく巧己を、千香は慌てて引き留める。

「巧己、今日はランドクラフトできる？　アニバーサリーの準備、一緒にしようよ」

「悪い、俺これから野球に行くんだよ。帰ってきたら眠くなっちゃうし、今日は無理だ」

「野球チームなんか入ってたっけ」

「入れて貰ったんだ。一人でフライキャッチしてたら、監督が声をかけてくれてさ。まだルールもうろ覚えなんだけど、面白くて。じゃ、また明日な」

　相変わらずのやせっぽちだけど、少し背が伸びて日焼けした巧己は、元気よく走っていく。

　仕方がないので祥一を誘おうと教室を見回したけれど、さっきまで後ろの席でぼうっとしていた色白の男子の姿はなかった。あたりを探し回り、たくさんの本を両手に抱えて図書室に入っていく背を捕まえた。

「祥一、どこ行くの」

「僕、アッピアが」

「アッピア？」

「古代ローマの道。アッピア街道」

何かの聞き間違いかと思ったら、本当にアッピアだった。祥一はアッピア、アッピアとうわごとのように繰り返しながら、ずり落ちかけた眼鏡を肩で戻し、図書室に入っていく。

仕方なく千香も後に続いた。

「これ返却お願いします。それからアッピア街道の本、入りましたか」

司書の先生がパソコンを操作して、無愛想に「まだみたい」と言う。

「なんてことだ」

祥一はしばらく魂が抜けたように立ち尽くしていたが、やがて千香の袖を引き、部屋の隅へと導いた。

「さあ千香、この紙に名前を書いて。それからアッピア街道について熱い想いを綴《つづ》るんだ」

差し出された白い紙には、「ほん・しりょうのリクエスト」とある。

「あそこに集計結果が貼り出されてるだろ。ひどいもんだよ。一位から十位まで小説とマンガばっかり。全部まくってアッピア街道の本を入れて貰うには、情熱で上回らないと」

祥一はすらすらと用紙に鉛筆を走らせ、ぎっしり字で埋め尽くすと、集計ボックスに放り込む。そのまま二枚目に取りかかった。

「そんなに読みたいの、その本」

「うん。父さんにねだってもいいんだけど、この前九千八百円の図鑑を買ってもらったばかりだから、ちょっとね」

「話は変わるんだけど、ランドクラフトのさ」

「でも古代ローマの歴史を語るには、アッピア街道は避けて通れないんだよ。それだけじゃない、道という視点から、一つの帝国の興亡を説明できそうな気がするんだ。考えるだけでも、わくわくしてくるよね」

何を言っているのかよくわからない。

「ほら千香、早く書いて。一枚じゃ足りないよ。五十枚くらい書いて」

千香は適当に文章を綴りながら、もう一度切り出した。

「祥一。また、アニバーサリーをやろうと思うんだけど」

「あ、そうなんだ。おひさま王国だよね。二年生の時、僕が作った道はまだ残ってる?」

「もちろんだよ、道路大臣。それでね、今回はダンスフロアを作って」

「あのゲームはよくできてるよね。道一つとっても、作った人の癖《くせ》が出る。巧己は通れればそれでいいって感じで雑に作るし、千香は外観を整えようとする。僕はやっぱり、バックストーリーが気になるから……どこから石材を運んできたかとか、整備の都合とか、道の目的とか。そういったことをね、考えながら作るんだ。その点、アッピア街道はね」

ああ、だめだ。千香は頭を抱えた。

一度夢中になったら、祥一は全部それだけになってしまう。

「とにかく来週の土曜日、アニバーサリーパーティやるから、時間があったら来てね。それだけ」

背を向ける千香に、声がかけられた。

「あ、千香。あと十枚でいいから、この紙書いてって」

それでも一応相手をしてくれただけ、巧己と祥一はまだましな方であった。他のクラスメイトの反応は、一様に鈍かった。

「ランドクラフト？　もう飽きちゃった。千香はまだやってるんだ」

「俺、習い事始めてさ。忙しいんだよ」

「また今度誘って」

ほとんどあしらうような言葉ばかり聞きながらも、千香は頑張った。先生に許可を貰ってクラスの掲示板にお知らせを貼り、一人一人に手書きの招待状を配って回った。

土曜日、ランドクラフトで「おひさま王国」ワールドに集合、もしくは野呂千香の家までどうぞ。

その日のうちにゴミ箱にいくつか招待状が入っているのを見つけたけれど、千香はまだどこかで甘く見ていた。

当日になれば、きっとみんなは来る。

三十人は無理でも、二十人は来るはずだ。何をするのか気になっている人が、それくらいは絶対いる。巧己や祥一も、きっと来てくれる。ダンスフロアを見て、ケーキを見て、花火を見て、驚くぞ。そしてみんなで、いっぱい遊ぶんだ。

だってこんなにランドクラフトは面白いんだから。ずっと私の心を捉えて、離さないんだから――


朝の六時。小鳥の声で目覚めた千香は、伸びをして起き上がる。

昨日は祥一のマンションから帰ってくるなり部屋に閉じこもり、三人分のサンドイッチをやけ食いして、ふて寝するようにベッドに入ってしまった。

久しぶりによく眠れた気がする。

窓を開くと外は少し曇っていて、湿った空気が入ってきた。今日は一雨あるかもしれない。スマートフォンに目をやったが特に通知はなかった。

よし。今日からまた、頑張ろう。

千香は机に向かうとテキストを広げ、問題を解き始めた。邪魔するものは何もない。一つ、また一つと解いて、もう一度スマートフォンを手に取る。巧己に「調子どう?」とLINEを送ってみた。勉強しながら時々確認したが、既読はつかない。思い切って電話もしてみたが、反応がない。

掛け時計に目をやった。

もうすぐ八時。朝だけど、それほど非常識でもないだろう。

たしか昔、クラスの用事でかけたことがあったはず。アドレス帳を探すと、巧己の家の電話番号が出てきた。ほんの少し躊躇してから、発信ボタンを押し込んだ。

出たのは、巧己の母だった。

「あら、千香ちゃん。巧己なら留守ですよ」

「え？　そうなんですか」

もう祥一の家に向かったのだろうか。朝寝坊の巧己にしては珍しいと思っていると、相手は意外な言葉を続けた。

「祥一君と一緒に勉強合宿なんだって。どれくらい机に向かってるのかは知らないけど、夏休みだし、大目に見てるところ」

あれ、と首を傾げる。

「もしかして、昨日は家に帰っていないということですか」

「そうなのよ。用だったら祥一君の家にかけてもらえる？　まだ寝てるかもしれないけど」

胸騒ぎがする。

「わかりました、ありがとうございます」

電話を切り、もう一度巧己のスマートフォンにかける。出ない。

「お母さん。私、ちょっと祥一の家に行ってくる」

階段を駆け下りながら叫ぶと、台所から母が顔を出した。

「何なの急に。ご飯はどうするの。またサンドイッチ作ろうか」

「今日は大丈夫だから！」

千香は昨日のリュックサックにスマートフォンを放り込んで担ぎ上げると、そのまま家を飛び出した。母の声がしたが、振り向かずに走り続ける。

うだるような蒸し暑い空気の中、黒く分厚い雲が空を覆っていた。


嫌な予感は当たった。

祥一の家は暗く静まり返っていて、誰もいない。昨日巧己が座っていた席にはノートパソコンが置きっぱなしで、椅子は斜めにずれている。

スマートフォンを何度確かめても、既読はつかない。電話も通じない。祥一と同じように、巧己まで消えてしまった。

自分の心臓の音だけが、あたりに響いている。

どうして？　何があったの？

一つ息を吐き、拳を握る。千香はデスクトップパソコンの前に座って電源を入れると、ランドクラフトを立ち上げた。

落ち着け。まずは状況を確かめるんだ。

入場待ちには昨日よりも時間がかかった。部屋の明かりをつけずにパソコンの前で待っていると、厚い雲のせいで外が少しずつ暗くなっていくのがよくわかる。まだ昼前だというのに、夕方みたいだ。

そのうち、さあさあという音が聞こえ出した。千香は窓に近づき、外を眺める。今にも降りそうな空だが、まだ降っていない。ふと、雨音はパソコンからだと気がついた。

慌てて席に戻り、画面を見て、千香は眉をひそめた。

「うわ……」

思わず声が漏れた。

どしゃぶりの雨の中、無惨な光景が広がっている。

あの遊園地が破壊し尽くされていた。

右半分が吹き飛ばされた観覧車。途切れ途切れのレール、地面に転がっているトロッコ。光り輝いていたタイルは穴だらけで、ところどころ水が溜まっている。屋台はぼろぼろ、あちこちでまだ火が燻《くすぶ》っている。聞こえてくる音楽は歯が抜けたオルゴールのようだ。それでも命令に従い、懸命に音を鳴らしているのが切ない。

「ひどい」

あちこち叩いて壊したという感じではない。空爆でも受けたかというような有様である。

千香は足元に気をつけながら歩き出した。

このあたりは、巧己がケーキや骨付き肉を集めていた屋台だ。

屋根や壁は吹っ飛んでいるけれど、自動販売機のいくつかは健在だ。ボタンを押そうとして、ふと嫌な予感がよぎって手を止める。念のため自動販売機の背後に回り、在庫のボックスを開いてみた。詰まっていたのは骨の欠片や糸くず、ガラス瓶といったゴミアイテムばかり。中にはボタンを押せば矢が飛び出してくる、トラップじみたものまであった。

「手の込んだ嫌がらせだ」

広場の花壇は焼き尽くされ、ゴンドラも橋も水晶の洞窟も、石や砂に埋まって半分隠れている。千香と巧己の像には、溶岩がぶちまけられていた。

立札が一つ、これ見よがしに置かれていた。

〈お前たちに安全な場所などない。アーサーの宝から手を引け。これは最後の警告だ。キャメロット城まで来るようなら、こちらも最終手段を取る〉

ふつふつとお腹の奥が熱くなる。マウスが軋むほど握りしめているのに気が付いて、千香は手を離した。

モードレッド一味が襲撃してきたんだ。

千香はプレイヤー一覧を表示させる。ランスロットと巧己のプレイヤー名があった。二人に安否を問うメッセージを送ってみたが、ずいぶん待っても返事は来ない。祥一の時と全く同じだ。彼らの身に何があったのかはわからないが、たぶんあまりいい状況ではないだろう。

千香は項垂れ、目を伏せる。

私も巧己と一緒に行けば良かった。

しばらくその場でじっと立ち尽くしていた。キャラクターは雨に打たれ続けている。やがて千香は動き出す。あたりを見回し、廃墟を漁って必要なアイテムを探す。

ここで逃げ帰るわけにいくもんか。

それはほとんど意地に近かった。友達二人が危険に晒されているかもしれないのに、自分一人だけ英語の勉強に戻るなんて、できない。

やがて筏《いかだ》が作れるだけの木材と、少しの食料とが集まった。千香は遊園地の端まで歩いていく。ローラーコースターのレールをくぐり、生け垣を抜けて塀の隙間から出ると、海が見えた。

筏を作り、そっと海に浮かべる。水平線に陽が沈んでいくのを確かめ、北西に向けて静かに出航した。

闇の中、水の音だけが聞こえる。筏をこぎ、大洋を進みながら、時折自分の座標を確かめる。キャメロット城までは直線距離で六千ブロックあまり。

天に電光が瞬く。あたりは激しい雷雨になった。どこかで雷が木を打ち、激しい音と共に焦げていく。

「行かなくちゃ。私が」

千香は歯を食いしばり、嵐の中で筏をこぎ続けた。

パソコンの向こうでは窓ガラスに無数の水滴が当たり、流れている。気が付くと、現実世界でも激しく雨が降り始めていた。

5

船旅は孤独だった。

延々と続く海の中、島一つ見えない。雨は雪に変わり、雪は海面に落ちると音もなく溶けていく。あたり一面が白く霞んでいる。２Ｂ２Ｄにログインしているのは世界で唯一、自分だけのような気分になる。

ゲームの中で二日、つまり実際には四十分ほどが過ぎたころ、行く手にぽつんと白い点が現われた。見つめていると、点はみるみるうちに大きくなり、視界を覆っていく。氷山だろうか。いや、雪に覆われた大陸だ。森の奥に白い山が連なっている。

千香は座標を確かめる。おそらくキャメロット城は、まっすぐこの先。山脈の中でもひと際大きくて目立つ、白い霊峰のあたりにあるはずだ。

「上陸するしかない」

自分に言い聞かせるように呟いた。

千香は筏から飛び降り、陸地に立つ。次にこれまで乗ってきた筏を壊し、ばらばらになった木の棒や板きれのうち、いくつかをアイテムとして懐にしまい、いらないものは砂浜に三ブロックほどの深さの穴を掘って埋めた。

痕跡は、できるだけ消しておきたかった。

渡ってきた海をしばし見つめてから、踵《きびす》を返して歩き出す。道一つない深い森へと入っていく。

あたりは嘘みたいに平和で美しかった。

昼は太陽が白銀の大地を照らし、宝石のように輝かせる。ちらつく雪の粒は中空で明滅し、針葉樹に載った雪はまるでクリスマスのイルミネーション。夜は空にオーロラが出る。虹色のカーテンの向こうで、星の瞬く音が聞こえてきそう。

木の幹をリスが素早く駆けていく。茂みに赤く光っては、ふいと消える狼の目。スキップでもしているような、特徴的な兎《うさぎ》の足跡。

ふと森が途切れ、視界が広がった。

千香は思わず感嘆の溜め息を吐いた。

山頂を覆う青い氷河。その下から流れ出した滝は、灰色の岩肌をかすめつつ、ふもとにぽっかりと開いた大穴に吸い込まれていく。荘厳でありながら、どこか可愛らしい。空の神が地の神のコップに紅茶を注いでやっている、そんな様子にも思える。

千香はその自動生成の奇跡に、しばらく見入ってしまった。

ゲームのプログラムを作った本人であっても、この景色を想像できたかどうか。千香がここに来なければ、永遠に知られないままだったかもしれない。そんなことに関係なく、滝は流れ続けている。これまでも、これからも。何だかそれが、途方もなく凄いことに思えて、胸打たれる。

行こう。

自分に言い聞かせて、歩き出した。

滝が注ぐ大穴の縁を、そろそろと進む。万が一にも操作ミスをしないよう、気をつけながら。落ちたら二度と上がってこられないかもしれない。

何とか向こう側に出ると、また森が広がっていた。中でも一本、特に太い木がある。その木に寄り添うように、キノコのような屋根をのっけた、小さな家が建っているのが見えた。まるで森の妖精のすみかである。

プレイヤーがいるのだろうか。

千香はしばらく遠巻きに様子をうかがってから、少しずつ近づき、そっと窓から中を覗いてみた。誰もいない。

こぢんまりとした室内には、ベッドや本棚、かまどなどが並んでいる。赤い絨毯《じゅうたん》も敷かれていて、なかなか住みやすそうだ。と、隣にはそっくり同じ形だが一回り小さい家があった。

何だろう、この小屋は？

千香は首を傾げた。入り口は、しゃがんでもぎりぎり入れないほど狭い。中にはベッドがあり、絨毯も敷かれているのに。小屋の壁には「ミロ」と書かれた札が貼られている。入り口の脇に置かれた皿と、中に入っていた骨を見て、やっと謎が解けた。

犬小屋だ。

いつだったか、千香もランドクラフトで懐かせた犬のために、お城に部屋を作ってやったことがある。

ここに住んでいるプレイヤーは悪い人ではないような気がしてきた。裏に回ってみると、そこは畑だった。カボチャや小麦が植えられ、収穫の時を待っている。作物を踏み荒らさないよう気をつけて歩いていくと、澄んだ泉に行きついた。

睡蓮《すいれん》の葉が浮かんでいる。中にはピンク色の可愛らしい花をつけているものも。まるで一葉の水彩画のような光景。泉のほとりを見て、千香ははっと息を呑んだ。

小さな塚の上に、石で作られた十字架。やはり「ミロ」と書かれた札。そして花が一輪、捧げられていた。

「そっか……」

ここで塚を作り、十字架を立て、花を供えたプレイヤーを思うと、千香は切なくなった。いつ、どうしてミロが命を落としたのかは、知るすべもない。

食料は残り少なかったが、千香は干し肉を一つ、墓の前にそっと置き、しばらく黙とうを捧げた。

〈うへえ、お前、変わってんなあ〉

突然メッセージが送られてきた。千香は慌ててあたりを見回した。

〈ゲームだぜ？　ゲームの中の墓に、貴重なアイテム捧げて祈るか、ふつう。変なやつ！変なやつ！〉

ごそりと近くの茂みが揺れ、何者かが姿を現した。

「うわっ、クリッパー！」

緑色の蔦が全身に絡みついたような姿。ぽっかり空いた黒い目と口。

千香は思わず後ずさった。ランドクラフトで最も有名な敵キャラクター、クリッパーは、プレイヤーを見かけると突進し、自爆攻撃をしかけてくる。距離を取らないと危ない。

しかしいつまでたってもクリッパーは近づいてこない。しゅーっという導火線の音もしない。代わりに嬉しそうにぴょんぴょん跳ねている。頭の上には「abcde」とプレイヤー名も浮かんでいた。

クリッパーじゃない。キャラクターメイクで自分をクリッパーそっくりの姿にしただけの、プレイヤーだ。

〈ハハハ、驚いた！　ハハハ、驚いた！〉

〈いきなり何なんですか？　abcde さん〉

千香はメッセージに返信した。自動翻訳機能が表示するアイコンによれば、相手はどうやらポルトガル語圏のプレイヤーらしい。

〈おいおい、それ、名前でも何でもねえから。適当につけただけ。俺を呼びたきゃ、別の言葉を使いな〉

〈何て呼んだらいいの〉

〈あだ名つけてくれよ。面白いやつで頼むぜ〉

千香は相手を睨みつける。この人も2B2Dのプレイヤーなのだから、油断しちゃだめだ。しかし相手は武器も鎧もつけていない。ぴょんぴょん跳ねながら両手を振り回し、はしゃいでいるばかりで、まるで無防備だ。

〈じゃあツタ男って呼ぶよ〉

相手の動きが止まる。

〈ん、なんだそりゃ?〉

〈クリッパーさんがいいかとも思ったけど、何か紛《まぎ》らわしいから〉

〈いや、蔦は蔦だけど、それだけでツタ男ってのはちと乱暴じゃねえか〉

〈そう? 私はしっくり来るけど〉

〈そうか、しっくりくるか。ハハハ、ハハハ! まあそれでいいや、ツタ男でいいぞ、チッカ!〉

チッカって私のことだろうか。

〈ねえ、ツタ男さんはここに住んでるの〉

〈んなわけねえだろ。この辺は時々通るってだけ〉

〈あのお墓とか、小屋を作ったのもあなた?〉

〈まさか。俺は壊す側だよ。作ったのはどっかのバカだ。だいたいゲームの犬に墓作るとか、そんなことすんのはバカだけだろ、バーカ〉

〈ふうん〉

ツタ男がぐいっと身を乗り出してくる。

〈なあなあ、チッカ、お前は一体何してんだ。こんなへんぴなところまで来る奴、珍しいぞ、なあ、なあ〉

〈キャメロット城を探してるの。近くまで来ているはずなんだけど〉

〈あんなところに行ってどうするんだ。観光か？　ただのバカでかい城だぜ〉

〈もしかして、行ったことあるの？〉

〈まあな！　俺にとっちゃ、庭みたいなもんだ〉

〈場所、教えて〉

〈嫌だよ。教える義理なんか、ないもんね〉

何だか子供みたいな人だ。千香は繰り返し頼んでみる。

〈お願い。私、どうしても行かなくちゃならないの〉

すると、ツタ男はあっさり態度を変える。

〈んーそうかそうか、そんなに行きてえのか？　いいぜ、俺はお前が気に入った。犬の墓にアイテム捧げるバカなとこが、すげえ気に入った〉

そして少し離れた岩へと飛び移ると、先導するかのように千香の方を振り向いた。

〈ついて来い。遅れんなよ〉

〈わ、待って〉

慌てて千香も走り出す。途中の段差に躓きながらも、後を追う。

〈何だあ、その動きは？　お前、自動歩行とか、追跡歩行とかのチート入れてねえのかよ〉

〈チートは何にも使ってない〉

〈へえ、お前、バニラかよ〉

〈アイスの話？〉

〈違うわ。何のチートも使わない標準のゲームプレイを、アイスのフレーバーにたとえてバニラっつうの。お前、チートなしでここまで歩いてきたのか。アホだろ？〉

〈別にいいでしょう〉

〈ふん、変人め。とにかく感謝しろよ！　忙しい俺がわざわざ、案内してやるんだからな〉

〈もし大変だったら、場所を教えてくれるだけでもいいんだけど〉

〈何だと？〉

〈座標さえわかれば自分で行けるし。悪いから〉

〈バカ野郎！　それじゃ俺が寂しいじゃねえか〉

「ええ？」

忙しいって言ってたくせに。

〈さあ行くぜ、きびきび歩けよ、ホレ〉

岩から岩へと踊るように飛び移りながら、ツタ男は進んでいく。見失わないように目を凝らし、千香は必死に追いかけた。

山登りはハードだった。もちろん登山道などはないから、岩と岩との間を縫うようにして進むしかない。這い上がれそうな岩肌を探し、細い隙間に体をねじ込み、時には岩を少し削って足がかりにする。

念のため千香は時々座標を確かめたが、祥一が本に書いていた座標に少しずつ近づいている。ぐるぐる同じところを回ったりもしていない。

少し先を行くツタ男を見上げた。

あくの強いプレイヤーだけど、信頼できるかも。

ツタ男が振り返り、尾根の向こうに姿を消した。追いかけた千香が尾根を越えると、ツタ男が見当たらない。

「あ、またか……」

千香はため息をつきながら、ぼうっと待った。

〈ばあっ！〉

画面いっぱいにツタ男の顔が映し出される。木陰から飛び出してきたのだ。そして嬉しそうにはしゃぐ。

〈ハハハ、驚いた？　驚いただろ？〉

〈驚いた驚いた〉

このプレイヤー、相当のふざけんぼらしい。しょっちゅう、こうしてイタズラをしかけてくる。最初は本気で驚いてよろけ、崖から落っこちてダメージを受けてしまった。

〈ハハハ、驚いた、ハハハ、驚いた！〉

ツタ男が小さく何度も頷いている。キャラクターの視線や首の動きは、プレイヤーが握るマウスに連動している。たぶん、ツタ男を動かしているプレイヤーは、げらげらと派手に笑っているのだろう。

〈わかったから。早く行こうよ〉

〈待った。そろそろ日がくれるし、このあたりでキャンプしようぜ〉

千香は空を仰ぎ見た。うっすらと紫色に染まりつつある。ツタ男が枯れ木を集め、焚き火を起こした。周りにジャガイモを置き、炙り始める。灰色の煙が漂う。

相手の顔色をうかがいながら、千香は言う。

〈夜道が危険なのはわかるけど、もうちょっと進めないかな〉

〈キャンプしたって、明日には着くぜ？〉

〈でも、少しでも急ぎたいから〉

〈ふーん〉

ツタ男は枯れ木をあたりに投げ出す。一本だけ手元に残すと、手早く燃料と合わせて松明を作った。

〈ま、別にいいけどよ〉

火をつけると、あたりが橙色《だいだいいろ》の光に照らされる。すぐ近くの木だけが明るく、その向こうは底知れぬ闇。

二人は再び、山道を歩き出した。

〈とりあえず、これ食っとけ。腹に入れとかないと山道きついぞ〉

差し出されたのはジャガイモだった。さっきふかしていたものだろうか。

〈ありがとう〉

千香が受け取ると、ツタ男は自分でも一つ手に取り、もぐもぐと齧る。千香も深く考えず、ジャガイモを食べた。ガリッと音がして、目の前に紫色の霧のようなエフェクトが漂う。ライフゲージが二つ減った。

〈これ、生のジャガイモじゃない！　それも芽が生えてる。毒ダメージ受けちゃったよ〉

〈ハハハ、ハハハハ！　驚いた？　驚いた！〉

確かめずに口に運んだのは自分が悪い。だけどさすがに腹が立つ。

〈いい加減にしてよ。私、遊んでいる暇はないんだってば〉

〈どうしてそんなに急ぐんだよ。もっと俺と遊ぼうぜ、なあ〉

〈友達のためだからだよ〉

〈はあ？　どういうことよ〉

どう説明したものか悩んだが、結局正直に伝えることにした。

〈私の友達がこのワールドで宝探しをしてて、キャメロット城に向かったまま、連絡が取れなくなっちゃったの。何か危険なことに巻き込まれているなら、助けたいんだ〉

〈宝探し、だあ?〉

〈知らないの？　今、ワールド中でブームだって聞いたけど〉

〈ふん。雑魚《ざこ》プレイヤーどものブームなんて興味ねえよ〉

ツタ男はこちらに背を向ける。松明の上で、炎がふらりと揺れた。

〈チッカの友達のため、ねえ〉

〈うん〉

ふと、ツタ男の足が止まった。

〈やめとけよ、バカらしい〉

〈え？〉

風が強くなってきた。あたりでざわざわと葉が揺れる。

〈友達なんて、下らねえって言ってんの。どうせいつか裏切るんだからよ〉

〈そんなことないよ〉

〈考えてみろよ。相手がお前を友達だと思っている保証は、どこにもないんだぜ〉

ツタ男は立て続けにメッセージを送ってきた。

〈友達って何だ？　ガキの頃、たまたま近所に住んでいて、たまたま似たような遊びが好きだった奴のことか？　そんなの、たまたま同じバスに乗った奴とか、たまたまレストランで同じメニューを注文した奴と何が違う？　大した繋がりじゃねえよ。特別なものを感じたとしたら、ただの勘違いさ。本当はそこには何にもねえんだ……何にも、空っぽだ！〉

千香はごくりと唾を飲んだ。

ツタ男の背が、震えているように感じられた。

〈そうだろ？　チッカ。友達はいつか裏切る、絶対だ。だから先に見限った方が得するぜ！〉

胸の奥がずきん、と痛んだ。


いつかの土曜日のこと。

天気は曇りだったけれど、千香のワールド、おひさま王国は晴れ渡っていた。最高のパーティ日和。鮮やかな緑に囲まれた中庭に、アニバーサリーパーティの会場が設けられている。中央のダンスフロアを囲むテーブルには、ケーキや肉といったご馳走が山ほど並んでいる。飾られたお花の影には隠しスイッチ。それを押せば音楽が流れ出し、お城がライトアップされ、花火が次々に打ち上がるのだ。

すっかり準備は終わっている。エメラルドブロックの数がどうしても少し足りなくて、城壁の飾りつけは斑《まだら》になってしまったが、それでも十分に豪勢だ。残念ながら祖父は通院の予定があり不参加だったが、その分千香が張り切ってみんなをもてなすつもりだった。

しかし、お客さんがいなかった。

千香のキャラクターだけが一人ぼっちでテーブルについている。千香はディスプレイを覗き込み、時々あたりを見渡したり、巧己や祥一がログインしてこないか確かめたりする。その間にも、時計の針は進んでいく。

約束の時間はとっくに過ぎているのに。

かちゃん、という音でディスプレイから目を離して振り返ると、母親が扉を開け、こちらを覗き込んでいた。一目見てわかるほど、機嫌が悪そうだ。

「いつまでゲームしてるの、朝からずっとじゃない」

千香も言い返す。

「ちょっと黙っててよ。友達と遊んでるんだから」

「何言ってるの、誰もいないでしょ」

「これから来るの」

意地になってディスプレイを睨みつける。

「これからって、誰が、いつ来るの」

「これから来るの！」

涙声で繰り返すしかできない。

母親は低い声で言った。

「けじめをつけるって約束、忘れてないでしょうね。守れないなら、お母さんにも考えがあるよ」

「宿題なら、後でちゃんとやる。あっちに行っててよ、もうすぐみんな来るんだから」

そう、きっと来るはずなんだ。

千香は一人、心の中で繰り返した。

ちょっと遅れているだけ。何か事情があっただけ。もしかしたら私のために、サプライズの準備でもしているかもしれない。

去年だって、クラスのみんなは大喜びだった。誰もがおひさま王国の国民になりたがった。役職が足りないくらいだった。ランドクラフト博士の助手に志願する子が何人もいた。

「これでも大目に見てるんだからね。夕飯にはちゃんと来なさいよ」

「わかってる！」

背後で扉の閉まる音を聞き、千香は俯く。

招待状を受け取って、「またやるんだ、すごいね」と笑ってくれた子がいた。「その日ちょっと用事入るかもしれないけど、行きたい」と言ってくれた子もいた。でも、はっきり「行く」と言ってくれた子もいない。

そういえば最近、ランドクラフトについて聞かれることが減った。この頃はおひさま王国に、誰もログインしてこない。誘えば来てくれるけれど、他の遊びの話が出たら、そっちに行ってしまう。

千香は顔を上げ、窓の向こうを眺めた。傾きかけた陽に照らされて、カーテンがオレンジ色に染まっている。外から子供の笑い声が聞こえ、すぐに遠ざかっていった。

宝物のキーホルダーを取り出して、千香は両手でぎゅっと握った。そうしていると、こみ上げてくる不安が少しだけ和らいだ。

きっと大丈夫だよね。みんな、来るよね。

緑色のクリッパーは、いつもと同じようにこちらを見つめていた。

母親が夕食に呼びにきても、千香はパソコンの前を離れなかった。言い合いの大喧嘩《おおげんか》になり、泣きながら夜遅くまでディスプレイを見つめ続けたけれど、結局お客さんの姿を見ることはできなかった。

クリッパーは何も言ってくれなかった。ただ千香の両手の中に、冷たいプラスチックの感触があるばかり。


キーボードに載せた指が震える。ツタ男が送ってくるメッセージの一つ一つが、心の古傷をえぐった。

〈俺は賢いからな。最初からなんも期待しねえ。友達なんて信じねえ、これっぽっちもな。チッカ、お前もそうした方がいいぞ〉

突風が吹き、松明の光が消えてしまった。ツタ男は月と星だけが淡く照らす山道をゆっくりと進んでいく。

〈友達なんていらねえ。俺は一人で生きていけるんだ。全然、平気なんだ。生まれた時からずっと、平気だったんだ〉

あたりは静かだった。二人が雪を踏む微かな音だけが響く。

ぽつぽつと振る小雨に、木々が揺れている。

パーティの翌々日の月曜日。

校舎の二階、端から二番目の扉。四年二組の教室の前で、千香は中に入る勇気が出ないまま俯いていた。

アニバーサリーパーティが大失敗に終わったというのに、どんな顔でみんなに会えばいいのだろう。

ランドセルに詰まった教科書やノートが、ずっしりと重い。

「おはよ、千香」

ぽんと背中を叩かれる。隣の席の子が、さっと扉を開いて教室に入っていった。普段と変わらない様子だった。千香もびくびくしながら後に続いたが、クラスは拍子抜けするほどいつも通りだった。たわいのない話でふざけ合い、笑い合っている。

誰一人、土曜日にパーティがあったことを覚えていないようだった。千香はあんなに気合を入れていたというのに。

扉が開き、「おはよ」と巧己が姿を現した。とたん、教室がざわつく。

「ヒーロー登場だ！」

「おい、聞いたぞ。日曜に六小に勝ったの、お前のホームランのおかげだってな」

「次のエースナンバーも夢じゃないって監督に言われたんだろ」

あっという間に巧己の周りに人だかりができる。巧己が白い歯を見せて笑い、何か言っているのを千香は遠くから見ていた。

「はい、はい。朝の会始めるよ」

やがて先生が入ってきた。目ざとい児童が、そばにまとわりついて叫ぶ。

「先生、何その賞状？」

「これから説明するから」

「凄いぞ。読書感想文コンクール、金賞って書いてある」

「誰、誰」

「祥一だ。おい祥一、どんなの書いたんだよ」

今度は祥一の周りに輪ができた。

へえっ？　と変な声を上げて祥一は本から顔を上げた。みんなに詰め寄られて、しどろもどろになりながら話した。

「いや、コンクールには、先生が出してくれて。僕はただ、アッピア街道が」

千香は思わず目を細めた。

自分の活躍に堂々と胸を張る巧己も、困ったような顔を浮かべている祥一も、眩しかった。

ちょっと前まで、私もあそこにいたのに。

これからもランドクラフト博士として、輝き続けるはずだったのに。クラスメイトはもちろん、お母さんも、お父さんも、先生も、それこそ誰もがランドクラフトを好きになることすらあれ、離れていくなど想像もしていなかった。

これまで確かだった足元が揺らいでいく。教室の床が波打ち、ぐにゃぐにゃ揺れる。首筋に冷たい汗が一筋垂れ、体から血の気が引いていく。

ランドセルにくっついたままのクリッパーのキーホルダーが、急に恥ずかしいものに思えてきた。千香は誰にも見られないようにそっとランドセルに近づき、キーホルダーを取り外すと、ポケットの奥に放り込んだ。

ツタ男の前で、千香は言った。

〈私だって友達に裏切られたことくらい、あるよ〉

〈なら、どうして友達のために働く〉

〈あの時は辛かった。恨みたくもなった。けど、みんなに悪気はたぶん、なかったから〉

〈じゃあ悪気がなけりゃ、何したっていいのかよ〉

〈そうじゃないけど。恨んだって、ただ自分が惨めになるだけだもの〉

〈ふん。で？　友達のために働けば、また仲良くしてもらえる、か？〉

〈それは〉

千香の手は止まった。

そうかもしれない、と思ってしまったのだ。

巧己が頼ってきてくれた時、本当は心のどこかで嬉しかった。また一緒にゲームができて楽しかった。そもそも英語を勉強し始めたのだって、みんなにもう一度、一目置かれたかったからじゃないのか。

〈チッカ、お前は卑屈なだけじゃねえか。そんな情けねえやつ、嫌いだぜ〉

ひどいこと言うんだね。

千香は涙ぐみつつも、キーボードを叩いた。

〈だけど、私はこうするしかないもの〉

〈ふん。勝手にしろ〉

〈キャメロット城はどこ？〉

〈その先だ〉

ツタ男が指さす先に目を凝らした。森の向こうに滝がある。その陰に、ぽっかりと洞窟が口を開けているのがわかった。石作りの階段が奥に続いている。

〈洞窟をひたすら歩け、じきに着くからよ〉

軽く中を覗いてから、千香は振り返る。

〈ツタ男さんは来てくれないの〉

〈どうして俺が行かなきゃならないんだよ。薄っぺらい友情ごっこなんて、関わりたくねえや〉

〈そう。私、もう友達になったつもりでいたよ〉

〈は、はあ？〉

ツタ男が飛び上がった。まじまじと千香の方を見ると、今度は背を向け、あたりの木や茂みをボコボコと殴り始める。

〈バカなこと言ってんじゃねえよ。何が、俺たちが、友達、だって、何だとお？　俺は友達なんかいらねえんだよ、一人で生きていくんだよ〉

ツタ男はあたりをうろうろし、その場でぐるぐる回り、激しくジャンプを繰り返す。千香はちょっと考えてから、あえて挑発的に言ってみた。

〈じゃあ私たちは、友達でも何でもないってことだね〉

〈そうだとも〉

〈友達でも何でもないなら、裏切られる心配もないね。さんざん利用してやればいいね〉

〈そうだ。俺はお前を利用してやるのさ、ケケッ〉

〈じゃあ、キャメロット城まで歩いていく私につきまとったり、勝手に話しかけたり、好き勝手にするんだろうね。退屈だって言ってたくらいだから〉

〈おうとも。さんざんちょっかい出して、お喋りしてやるぜ。なんせ、俺は退屈だからな……うん？〉

〈困るなあ。友達でもないのにそんな風について来られたら、困る。逆に友達だったら、私のことを気遣って、そっとしておいてくれるはずだよね。友達なら〉

千香はそう呟くと、さっと身を翻《ひるがえ》して洞窟へと足を踏み入れた。

〈おい、ちょっと待て！　俺は友達じゃねえぞ、バカ〉

思った通り、ツタ男はついてきた。割と扱いやすい性格かもしれない。

〈バーカ、バーカ。下らねえ。アホらしい。バーカ〉

ぶつくさ言われつつも、千香は歩いていく。ぱっと両の壁に明かりが灯った。見ると、松明の列が奥へと続いている。

〈これもログレスの人たちが作ったのかな。お城に続く地下道なんて、ちょっとかっこいい〉

〈そうかあ？　子供っぽいごっこ遊びだろ、こんなの〉

ツタ男は何かと憎たらしい口ばかりきくが、千香は取り合わずに話を続けた。

〈ログレスって凄く強かったんだってね。ワールドを支配する一歩手前までいったって〉

〈ふん。古い話なのに詳しいな、お前〉

〈自分で調べたわけじゃないけどね。滅んだ経緯が謎めいてるんでしょう。確か、モードレッドっていう幹部が裏切って、反乱を起こした。アーサーは戦いに敗れて、そのままログレスもなくなってしまった……〉

〈何だ、そこは間違ってんじゃねえか〉

〈え？〉

〈いいかあ、よっく覚えとけ。裏切ったのはアーサーの方だ。あいつが先に、ログレスも、仲間も捨てたんだよ〉

〈どうして。王様なのに〉

〈俺が知るかよ。ほら、もうすぐ出口だぜ〉

顔を上げると、進む先に光が見えた。

階段の先、光はどんどん大きくなる。歩いているうちに朝になっていたらしい。洞窟を抜けると外は晴天で、あたりの雪山がきらきらと輝いていた。

目の前に広がる絶景に、千香は息を呑む。

巨大な噴火口か、あるいはクレーターか。白い山がぐるりと円状に取り囲む中、白亜の城が建っていた。壮麗、そんな言葉がよく似合う、美しくも雄大な姿。中心にひときわ高い塔がそびえ、あたりに細い尖塔が何本も、見事に点対称に配置されている。白い城壁のところどころに旗が立っている。四つ足に翼の生えたドラゴンが、口から火を吐いているデザインだ。壁、門、塔の先端、窓……細かい装飾があちこちに施《ほどこ》され、もはや一つの芸術作品と言っても過言ではない。

これがキャメロット城。

2B2Dの歴史上最大最強を誇った、ログレスの城。

〈中まで行くつもりか?〉

〈うん〉

千香は石の階段を下り、城へと近づいていく。周りには幾何学模様の堀があり、澄んだ水が張られていた。橋を渡ると大きな門が待ち構えている。竜を模した彫像が立ち並ぶ中を進む。

〈よく見るとあちこちに戦いの跡が残ってるね〉

敷地や門にはところどころ穴が開き、壁や塔は崩れかけている。彫刻も二つに一つは粉々だ。

〈昔はもっと綺麗だったんだ。2B2D最高の建築マニア、ガウェインの最高傑作さ。でもアーサーは、結局この城に来なかったんだぜ。少なくとも、俺が知る限りは一度もな。ひでえ話だ、ずいぶん手間暇かけて作ってたのによ〉

〈どうしてそんなに詳しいの?〉

〈有名な話だっつの。えっと、確かここで開けんだったかな〉

ツタ男が木のレバーを引くと、扉が重々しく開いた。ついに城内へと足を踏み入れる。高い天井に据え付けられた窓から、日が差し込んでいる。中は荒れ放題だ。だだっぴろい中に、シャンデリアの残骸と絨毯の切れ端が転がっている。

〈宝探しに来た人が、荒らしていったのかな〉

〈さあな。それよりチッカ、ここに用事があるんだろ。何か手伝ってほしいこと、あるか?〉

〈あ、うん。syo1っていうプレイヤーの手掛かりがないか、探してくれると助かるんだけど〉

〈やーだねっ。誰が手伝うもんか。俺、この辺でだらだらしてるから、せいぜい頑張って働きな〉

〈はいはい〉

椅子にふんぞり返るツタ男。彼をそこに残し、千香は慎重に城の中を探っていった。

木の扉に開いた穴から向こう側を覗く。ずらりと三段ベッドが並んでいた。寝所だろう。実際に使われていたかどうか、もしかしたらただの飾りだったかもしれないが、かつてのログレスの賑わいがうかがえる。ちゃんと一人一人に物入れが用意され、ところどころに机や椅子も置かれていた。また別の部屋を確かめる。倉庫のようだったが、空っぽのボックスや樽《たる》がたくさん転がっているだけで、アイテムは何も見当たらない。

奥に進むにつれ、だんだん廊下が広くなっていく。天井の近くに、割れたステンドグラスが見える。礼拝堂だ。さらに進んでいくと、左右対称に彫刻が並び始めた。

千香は足を止めた。

この先で急に空間が広がっている。大広間だ。リング状の池に囲まれた中に椅子がある。一段高く、ひときわ豪奢《ごうしゃ》に装飾が施され、威厳に満ちた形。あたりには水甕《みずがめ》を担いだ女性の彫像が四体並んでいた。

玉座だ。

慎重にあたりを一周した。ふと、足置きのあたりに違和感を覚え、石ブロックをいくつか削ってみる。

「あっ」

ボックスが現れた。明らかに隠されていた。

宝、という言葉が一瞬頭をよぎったが、中にぎっしりと本が詰まっているのを見てふっと息を吐いた。一冊を取り、開いてみる。

やっぱり、祥一が残したものだ。

第三章
ついにキャメロット城に辿り着いた私の興奮を、どう言い表したらいいだろう。

ああ、本当にあったのだ。ここにアーサーが、ランスロットが、モードレッドが、ガウエインが、数多のプレイヤーが集まっては、ゲームをプレイしていた。どんな光景だったのだろうか。廃墟の寂寥《せきりよう》感を肌に感じながらかつての賑わいを想うと、何とも言えない感動がある。

わくわくしながらあたりを探索した。うっかり宝を見つけたらどうしようかと、取らぬ狸《たぬき》の皮算用をしながら。

ただ、残念ながら、ここまで辿りついたプレイヤーは私が初めてではないようだ。いや、この荒らされようを見たところ、むしろ出遅れたと言ってもいい。考えてみればキャメロット城の場所について噂は出回っていたし、そもそもこの城、かなり大きくて目立つ。空中浮遊のチートを使えば、上空から容易に発見できるだろう。

つまり、すでにずいぶん探されたあとなのだ。それでも宝がまだ見つかっていないのは、なぜだろう。よほど巧妙に隠されているのだろうか。

考察のしがいがありそうだが、とりあえず私は目の前の問題を解決しなくてはならない。

というのもついさっき、モードレッド一味に見つかってしまったのだ。さんざん送ってきた警告通り、キャメロット城で待ち伏せしていたらしい。意外と真面目な奴らである。

私の姿を捉えるなり、問答無用で攻撃してきた。こっちは大した武器もなく、逃げるのが精一杯。何とか玉座の間まで逃れたが、どうやらここに誘い込まれたというのが正確な表現のようだ。少しずつ相手は包囲を狭めてくる。

もしかしたらキルして終わらせるつもりはなく、生きたまま捕らえ、監禁するのが目的かもしれない。復活できるゲームでは、そっちの方が厄介だ。

今、玉座の影でこの文章を書いている。

敵は多勢だ。残された時間は少ない。全力で足掻いてみるつもりだが、もはや脱出は絶望的だろう。チートでも使わない限りは。

せっかくだから、最後の手段を試してみようと思っている。正直嫌な予感はするのだが、自分の目で結果を確かめたいのも事実である。

もしかしたら一時的に、レポートが書けなくなるかもしれない。だが、心配しないでくれ。私は諦めの悪いタイプだ。きっと復活して、続きを書くことを約束する。

それでは、いったんここで筆を擱《お》こう。再会できることを祈る。

八月五日　syo1

頭上からガラスの割れる音が響き渡った。天井を仰ぎ見ると、ステンドグラスの向こう側から、青い鎧のプレイヤーが次々に飛び込んできた。一人が千香の目の前に着地する。Lance999というプレイヤー名。ランスロットだ。彼を追って黒い顔に真っ赤な目を輝かせたプレイヤーが三人、後から降りてくる。

「モードレッド一味！」

赤い目のプレイヤーたちが弓を構えるのが見えた。千香が慌てて壁際に飛び退いて振り返ると、盾を構えたランスロットが矢の雨に包まれるところだった。けたたましい音が鳴る。

〈ランスロットさん〉

〈やあ、こんにちは。昨日も会ったね〉

盾を振って刺さった矢を落とすと、ランスロットは剣を抜き、千香をかばうようにモードレッド一味との間に陣取った。

〈何をしているの？　こんなところをうろうろしていると危ないよ。モードレッドの奴らの縄張りだからね。見てわかるだろうけど〉

〈あの、聞きたいことがあるんです。巧己……gg-takuと連絡が取れないんです。昨日あれから、何があったんですか〉

〈僕も彼の行方を追っているところなんだ〉

モードレッド一味もそれぞれ剣を抜く。ランスロットが牽制するように一つ剣を振った。

そのまま互いに睨み合いになる。

〈昨日、こいつらの襲撃を受けてね。そのまま彼とはぐれてしまった。どうやらモードレッドたちは、君たちを目の敵にしているようだね〉

〈そんな〉

大広間に繋がる扉が開き、そこからも赤い目のプレイヤーが飛び出してくる。あっという間に敵の数は十人を超え、千香とランスロットはすっかり包囲されてしまった。

〈困ったな。僕の仲間はすぐには駆けつけられないところにいるんだ。このままじゃ数で押し潰されてしまう〉

ランスロットはじりじりと後退する。

〈chika-chan、聞いてくれ。今度はお誘いじゃなく、お願いだ。こいつを使って一緒に戦ってくれないか〉

盾の陰で差し出されたのは、昨日見せられたのと同じ、透明なガラス瓶に詰まった赤い薬だった。

〈「聖杯」だよ。これを飲んで画面の表示に従えば、ツールのダウンロードが始まって、君もチートが使えるようになる。自動防御をオンにすれば簡単にやられはしないはずだ〉

〈でも、私……〉

〈いよいよ危なくなったら、僕が時間を稼ぐから空中浮遊を使って逃げてくれ。その方が僕も安心して戦える〉

〈どうしてそこまでしてくれるんですか〉

ランスロットは千香を見つめ、優しく微笑んだ。

〈前に言った通りだよ。僕たちランスロット軍団は、この２Ｂ２Ｄに秩序をもたらし、楽しく遊べるワールドにしたい。それだけなんだ〉

千香はおずおずと薬を受け取った。瓶の中、粘性が高く、透き通った赤い液体が揺れている。その向こうに、こちらを見ているランスロットや、にじり寄るモードレッド一味が見える。

〈だから、別に恩を売ろうってつもりはないよ。その分を他のプレイヤーに返してやってくれ。そしてゆくゆくは、一緒にランスロット軍団の仲間として、肩を並べて戦えると嬉しいな〉

赤目たちが剣を構えて近づいてくる。一歩、また一歩。千香は震える手で瓶を持ち、そっと顔へと近づけた。赤い液体が口に入るか否かというところで、慌てて戻した。

〈やっぱり、使いたくない〉

ランスロットが首を傾げる。

〈どうしてそんなにチートが嫌なんだい〉

〈それは。これまでずっと使わずに来たから〉

実は使ってみようかと思ったことはあった。小学生の頃、エメラルドブロックが欲しいのにどうしても見つからなかった時なんか、ずいぶん迷ったっけ。だけど結局やめた。チートで手に入れたアイテムは、輝きを失ってしまうような気がしたから。

〈君ねえ。一体、どういうつもり〉

ランスロットが千香に向き直った時だった。

〈おーい。いつまでかかるんだよ、チッカ〉

ツタ男から呑気なメッセージが飛んできた。


大広間の入り口からツタ男は堂々と入ってきた。かったるそうに歩き、崩れた彫像に寄り掛かる。それから千香たちの姿を見て、不思議そうに首を傾げた。

〈え……?　何してんの、チッカ〉

ランスロットが千香とツタ男を交互に見る。

〈ちょっと待って、chika-chan。どういうことだい、これは〉

話がややこしくなってきた。

〈旅の途中で出会った人で、ここまで案内してもらったんです〉

千香は慌ててランスロットに説明する。千香、ランスロット、ツタ男という三人のグループチャット状態になった。

〈お前、なぜこんなところまで出てきた。大人しく山奥で一人でうろついてろよ〉

ランスロットはツタ男を睨みつけ、剣を向ける。

〈うるせえな。てめえにとやかく言われたか、ねえよ〉

何やら二人は険悪な雰囲気だ。

〈chika-chan、こいつがどんなプレイヤーか知らないのかい。こんな奴と一緒にプレイしていちゃいけないよ〉

〈何だと。誰と遊ぼうがチッカの勝手だろうが。偉そうに〉

〈そいつは危険なプレイヤーだ。プレイヤーキラーの中でも特に性質の悪い部類で、僕たちの仇敵にあたる。今すぐ手を切った方がいい〉

どういうこと。

話についていけずに困惑する千香に、ずいと歩み寄るランスロット。決断を迫られている。

〈忠告を聞かないなら、ランスロット軍団は君を敵として見なさざるを得ない。それでもいいのかい〉

千香はツタ男とランスロットを交互に見る。ツタ男はふてくされたような顔でそっぽを向いている。

〈急に言われても、わからないけど。私、誰を信頼するかは、自分で決めたい……です〉

おそるおそる相手の様子を窺う。

ため息でもつくようにランスロットは項垂《うなだ》れていた。長いことそのまま動かない。やがて顔を上げると、ぽつりと言った。

〈chika-chan。君はどうしようもない奴だな〉

えっ。

千香は画面から目を離せない。

〈友達を助けに来たんだよね。なら、そのために全力を尽くせばいいのに、チートは使いたくないだの、チームには加わりたくないだの、我儘《わがまま》ばかり言っている。何の作戦もなくキャメロット城に来たんだよね？　敵に待ち伏せされるとか考えなかったの。無策過ぎない？　本当は友達なんかどうでもよくて、ただ暇つぶしがしたいだけなんじゃないの〉

そんなこと。

〈わかるよ。友達のためだって言えば、ママに昼間っからゲームを遊ぶ言い訳ができるもんね。嫌な勉強とか仕事からも逃げられるもんね〉

そんなこと、ない。

唇が震えた。指に力が入らない。言い返せない。変な汗が流れてくる。

本当に違うと言える？

2B2Dの景色を見ていて感じる胸の高鳴り。英語の勉強を後回しにしてもだんだん気にならなくなっている自分。

〈そういう意味じゃ君たち、お似合いだよ〉

ランスロットが千香とツタ男を剣で示して続けた。

〈二人とも、友達がいなけりゃゲームを楽しむこともできないんだろ？　そのくせ他に打ち込めるものを見つけられもしない。中途半端なプレイヤーだもんね〉

かっと目の前が赤くなった。千香は咄嗟にキーボードを打ち込む。

〈違う。私だって、昔は〉

だが、それ以上は手が動かなかった。

〈私は〉

何か言いたいのに、言えない。

〈まあ別にいいよ、どんな風にゲームを遊ぼうがプレイヤーの自由さ。だけどね、chika-chan〉

その時、千香は見た。

邪悪に微笑むランスロットの顔。その背後に並んでいる、赤い目をしたモードレッド一味の刺客たち。千香とランスロットが話している間、ずっと大人しくしていた彼らの目がぎらりと赤く輝いた。

〈そんなことだから、君は足をすくわれるんだよ〉

次の瞬間、赤い目の刺客たちは一斉に剣を振り上げ、千香とツタ男目がけて飛びかかってきた。

何が起きているのかわからない。理解が追いつかない。

赤い光が目の前を横切った。攻撃が千香の鼻の先すれすれを通り過ぎていった。

〈ぼうっとしてんじゃねえ、バカ〉

突き飛ばされ、千香はよろめく。ツタ男が、千香のキャラクターを何度も殴って移動させている。

〈さっさと逃げるぞ。ついてこい〉

混乱しながらも、千香はツタ男の背を追って走り出した。

背後でランスロットが呪文を唱えている。

〈湖の精《ニミュエ》よ、我が「アロンダイト」の声にこたえよ〉

池から水の渦が噴き上がった。互いに絡み合い、宙で球となり、人の姿に変わる。真っ青なボット・キャラクターが、あたりに何十体も降り立ち、息の合った動きでこちらを振り向いた。千香の前で遊園地に五重の塔を組み上げた時とは、雰囲気が違う。

〈戦闘モード移行〉

ランスロットの一言で、ボットたちの胸から黒い霧が湧き上がり、あっという間に全身を覆う。黒衣に身を包んだボットたちの目が、らんらんと赤く光り出す。

〈ウェポン・セット〉

ボットたちが青く輝くダイヤ装備を身につけ、それぞれ剣や弓を構えた。玉座の前に佇むモードレッド一味と、全く同じ姿。彼らが次々に走り寄ってくる様を、千香は呆然と見つめる。

〈チッカ、よそ見すんな、こっちだ〉

ツタ男が瓦礫を殴り、石ブロックを一つ取り外した。と、ぽっかりと穴が開いた。隠し通路のようだ。ツタ男が千香を突き飛ばし、穴に放り込む。続いてツタ男も穴に飛び込んだ。二人でもみくちゃになりながら、闇の中を落ちていく。暗くてあたりの様子がよくわからない。

やがてどぼん、と音がして、あたりに水しぶきが舞った。

〈ガウェインらしいだろ。城の下水道まで作り込むってのがよ〉

ツタ男に引きずられるようにして走る。水路はゆるやかに下っていた。ある程度進むと直角の曲がり角に出くわした。また進むとさらに直角の曲がり角……四角を描きながら、少しずつ地下深くへと進んでいく。

だんだん水が深くなり、足が立たなくなってきた。

背後で続けざまに水音がする。赤目たちが穴を抜け、落ちてきたのだろう。そればかりではない。あたりでぼこぼこと不自然に泡が湧き上がっている。

ツタ男が悲鳴を上げる。

〈そうだ、やべえ！　あいつ、水があればどこでもボットが作れるんだった〉

泡が勢いを増したかと思うと、ぬっと水中から赤目のボットが起き上がり、赤い光をサーチライトのように照射してあたりを探り始めた。すんでのところで身を伏せてかわす。

〈だめだ、水から離れねえと〉

目の前で身をもたげた赤目に一発パンチを入れて転ばせてから、ツタ男はレンガ壁の一つに取りついた。

〈確かこの辺に、牢屋があったはずだ〉

泥水の中でもがきながら、ツタ男はしらみつぶしにレンガ壁を調べて回る。

〈おいチッカ、お前も手伝えよ！　何途方に暮れてんだ、バカ〉

その間も赤目があちこちで生み出されては、獲物を求めて徘徊を始める。目と鼻の先で水が噴き上がり、赤い光が頬をかすめていく。時には水に顔まで浸かってやり過ごし、ツタ男は壁を叩き続けた。ふと、壁に穴が開いた。向こう側に空間が広がった。

〈おっしゃ、ここだ〉

ツタ男が縁にしがみついて体をねじこみ、次に千香を引っ張り込む。直後に入ってきた穴を塞ぐと、あたりは真っ暗になった。

〈よし。ボットどもは頭が悪いから、しばらくこれで誤魔化せるだろう〉

何かが凄まじい勢いで近づいてくる音がしたが、そのまま遠ざかっていった。

〈ケッ。よく考えてみりゃ、お前を助ける必要なんかなかったな。無駄なことしちまったぜ。おいチッカ、何黙ってんだよ。礼の一つくらいあってもいいだろ〉

画面の中は黒一色。ツタ男がぼやくメッセージだけが時折浮かんでは消える。千香の頭は天井すれすれだった。どうやらかなり狭い空間のようだ。すぐそこでツタ男の衣擦れが聞こえる。

千香は洟《はな》を啜った。瞼を拭った。

こういう場所にいると、あの日の記憶が蘇ってくる。押し入れの奥に仕舞い込むようにして消した、思い出したくない自分。

〈おいチッカ、さっきからどうしたんだよ。何震えてんだ。そんなにランスロットに言われたことに腹が立ったのか？　気にすることねえって、なあ〉

ショックだったんじゃない。

〈チッカ……泣いてんのか？〉

私、図星だったんだ。

6

「ゲームも、おじいちゃんも、大嫌いだっ！」

叫んだ途端、時間が止まったのを、小学四年生の千香は感じた。それまで笑っていた祖父の顔ががらりと変わった。驚いたように口を開け、そのまま悲しそうに微笑むと、目を伏せる。小さな声。ちかちゃん、ごめんね――

あの日はひどく悲しい気持ちで学校から帰ってきたんだっけ。アニバーサリーパーティの存在すらみんなに忘れられていたのが情けなくて、惨めで。玄関の扉を開けると、大きな革靴があって、すぐに祖父のだとわかった。

居間で祖父と母とは何か相談しているようだった。聞きたくなかったけれど、耳に入ってきてしまう。

千香のゲームをやめさせようとする母。柔らかく相づちを打ちながらも、千香をかばってくれる祖父。聞いていると胸が痛くて仕方なかった。やがて祖父が廊下に現れ、千香を見つけると口元に皺を寄せてにっこり笑う。いつものように優しく言ってくれた。

心配いらないよ。時間をきちんと決めるならゲームしていいってことになったからね。

千香は歯を食いしばり、握った拳を震わせていた。心に嵐が吹き荒れ、激しく波打っている。あとほんの少しの衝撃で、あふれだしそうだった。そんな千香に気づかず、祖父は続けた。

ちかちゃん、アニバーサリーパーティ、どうだった？

その瞬間、堰《せき》を切ったように千香は叫んでしまったのだ。大嫌いだと——

〈ツタ男さん。私、最低なんだよ〉

〈あ？〉

あの時、もうそれ以上祖父の顔を見ていられなくて、千香は背を向けて走り出した。部屋に飛び込むとランドセルを放り出し、ベッドに突っ伏して泣いた。太ももに何か固いものが触れた。何かと探ると、ポケットからキーホルダーが出てきた。

おじいちゃんに貰った、クリッパーのキーホルダー。

千香は力一杯キーホルダーを握りしめると、押し入れの奥に放り込んだ。大きな音がした。ぴしゃんと襖を閉めて、布団をかぶってうずくまった。そのまま夜になっても、母が呼びにきても、出て行かなかった。

〈私、おじいちゃんも、ゲームも、裏切ってしまった。小さな頃からずっと味方でいてく

れた、大事な友達だったのに〉

次の日から千香はランドクラフトに触れなくなった。祖父の家にも行かなくなった。パソコンには埃がかぶり、やがて部屋の隅に追いやられていった。

〈ずっと謝らなきゃって思ってた。だけどどんな顔をして会えばいいかわからなくって、ぐずぐずしているうちに、会えなくなっちゃった〉

その夏、祖父は体調を崩し、そのまま入院した。千香と母が見舞いの日程を調整しているうちに、あっという間に逝ってしまったのだ。

「あれが最後に伝えた言葉で。あれが最後に見た顔だなんて……」

みるみる目の前が滲んでいって見えなくなる。口の中に塩辛い味が流れ込んでくる。

もう取り返しがつかない。どんなに後悔したって足りない。

〈ランスロットさんの言う通りだよ。私、あの日からずっと、何かに本気になれてない。英語はお母さんが言うからやってるだけ。友達の前でも胸を張れない。こんな自分嫌なのに、変えたいのに、どうしたらいいかわからないの〉

いつの間にかゲーム画面だけでなく、部屋の中もすっかり暗くなっていた。灯りをつける気にもなれない。千香はしゃくりあげながら、窓の外に降る雨の音を聞いていた。

〈たぶんこのまま一生、わからない〉

〈ふん〉

ツタ男がいきなり千香を殴りつけた。ハートが一つ削れる。

〈いきなり何するの〉

〈いまいち話は見えねえけどよ。何、それくらいのことでしょぼくれてんだ、チッカ〉

〈それくらいのことって。私にとっては凄く大きいんだよ〉

何だか涙が引っ込んでしまった。

〈あーそうかい、そりゃ残念だな。でもお前はいいじゃねえか。一人や二人会えなくなったところで、まだ友達がいるんだろ。贅沢言うなってんだ〉

〈ツタ男さん、友達いないの？〉

バシッと音が響く。また殴られた。

〈いないんじゃねえ。作らねえの、俺は。くそ〉

暗闇に目を凝らしてよく見ると、ツタ男も細かく震えていた。このゲームにおいて、キャラクターの動きはマウスの動きに連動している。つまりプレイヤーが震えている。いつかのように激しく笑っているのか、それとも。

〈ツタ男さんも泣いてるの〉

〈ああ？　んなわけないだろ、バカにしやがって！　ふざけんな〉

三度突き出された拳を、千香はすんでのところでかわした。

〈ただよう、嫌なんだよ、こういう狭くて暗いとこ！　思い出すんだよ、親父に閉じ込められた物置。嫌だ、嫌だ、あー嫌だ〉

〈お父さんが厳しかったの？〉

しばらく相手は答えなかった。やがて、ぽつりと雨だれが落ちるようにメッセージが飛んできた。

〈そうでもねえよ。普通の親父さ。俺がただ、悪ガキだったんだ〉

闇の中、二人だけだからか。普段言えない話ができる気がする。きっとツタ男もそうなのだろう。一滴、また一滴。ぽつぽつと口から言葉が零れ出るように、ツタ男は話し始めた。

〈俺、人にちょっかい出したりイタズラすんのが好きでさ。いっつもやり過ぎて相手を怒らせちまうんだ。わかんねえんだよ、どれくらいなら冗談ですむのか。やり過ぎないよう気をつけると、今度は何も話せないし、何にもできなくなる。そんな変な奴と友達になりたがる人間はいねえわな。だから俺、ずっと一人ぼっちだった。学校に通ってた頃も。卒業して、とうもろこしのパンにお肉とチーズを挟んで売るお店で働きだした時も〉

ツタ男の細い息遣いが、送られてくるメッセージの間隔からわかるような気がした。

〈寂しくてしょうがなくてよ、ゲーム買ったんだ。「ランドクラフト」ってのが面白いらしいから、パソコンと一緒に。ここでなら友達ができるかと思ったんだけど、そううまくはいかねえや〉

ツタ男は頭を掻く。

〈でも、せっかく買ったんだから、もったいねえだろ？　色々調べてみたら、どんなイタズラしても許されるワールドがあるって話で。それが２Ｂ２Ｄだった。当時はまだスタートゾーンも荒らされてなくてさ。高速道路もなかったな。空と山と草原だけが広がってて、のどかだったなあ。その辺で会ったプレイヤーと挨拶してさ、一緒に歩いて。いきなり後ろからぶん殴ってキルして。ゲラゲラ笑い転げてると、今度は自分が別の奴にキルされるの。ハハハ、ハハハ！　おもしれえだろ？　俺、あっちこっちでキルしたり、他人の建物ぶっ壊したり、遊び回ったよ。ここなら何をやっても怒られねえ！　気分良かったなあ〉

〈確かにツタ男さん、向いてそうだね〉

〈だろ。ある日、森の奥でさ、キノコみたいな形の家を見つけてよ。俺、周りに地雷をしかけといたんだ。ちょっとしたら、ハハハ、ドカーン！　家ごと住人が吹っ飛んでった〉

〈キノコみたいな家って、もしかして〉

〈そう、チッカ、お前と会った場所だ。でさあ、その家、少し経つとまた元に戻ってんのよ。だから俺、今度はベッドの下に地雷をしかけてやった。寝っ転がってしばらくするとボン、さ。最高の目覚まし時計だろ？　だけどまた、いつの間にか直されていてさ。また吹っ飛ばしてさ。だんだん工夫が凝らされていくんだ。床に鉄板が張られてたり。爆弾を倍埋めて、ぶっ壊したけど。家の周りに堀が作られてたり。溶岩を流し込んで家ごと炎上させてやったけど。意地の張り合い、知恵比べよ。たまにイタズラしに行かないとさ、ククク、そいつ、「早く仕掛けに来てよ」とかメッセージ送ってくるんだ！　ヒッヒ。そういうときは、腕によりをかけて罠を仕込んでやる。「今日は自信作だから、早く来いよ」って〉

ツタ男は機嫌よさそうに腕を振り回す。

〈いつの間にか、毎日そいつと遊んでたよ。もう、こっそり罠を仕掛けたりはしないのさ。そいつが家の外で待ってて、俺が罠を仕掛ける。終わったら、俺が外で待ってて、そいつが罠を解除できるか見てるんだ。だいたい、大爆発！　だったけどな、クックク〉

〈仲いいね〉

〈そうさ！　俺、初めてだった。イタズラしても笑ってくれるやつ。俺と仲良く遊んでくれるやつ。楽しかった。仕事してよ、買い物して、飯作って、ぼそぼそ食って、きったねえベッドで寝て……現実じゃ相変わらず一人さ。クリスマスだって、誕生日だって、いつだって。でも、ゲームの中にはあいつがいる。だから俺、寂しくないんだ！　次はどんなイタズラ仕掛けてやろうか、あいつどんな顔するかって想像してるとよ、こう、胸がふわっとして、ぽかぽかすんだ。もう冷たい風がひゅうひゅう、抜けていかないんだ！〉

〈いい友達だね〉

〈そう、アーサーは俺の生まれて初めての友達……〉

ツタ男は口ごもった。ややあって〈だった〉と付け加える。

アーサー？

千香の手が止まる。ツタ男は構わず、話を続けた。

〈そのうち、だんだんと仲間が増えて、チームになっていった。チートとかも使いだしたな、アーサーがその辺詳しくてよ。ある日誰かが「俺たちで２Ｂ２Ｄを征服しようぜ」なんて言い出した。ただの遊びの一つさ。だけど結構みんな本気になっちゃって、あれよあれよという間に、アーサーがリーダーに決まった。担ぎ出されたような感じだ、あいつ人望あったからな。チーム名はログレス。結成メンバーにはそれぞれ、ランスロットとかガウェインとかニックネームがついて、幹部は円卓の騎士と呼ばれた〉

〈その呼び名って、みんなで決めたの？〉

〈まさか、そんなクソだせえ呼び名、使いたがる奴いねえよ。アーサーだ、アーサー。あいつが「リーダーを引き受ける代わりに、名前を決める権利をくれ」って言うからよう。あいつのネーミングセンスは痛々しいんだよ。チートを作れば「エクスカリバー」、すみかは「キャメロット城」だもんな、ガキかっての〉

〈まあ、ゲームの中だもんね〉

〈ログレスは強かったぜ。他のチームに片っ端から喧嘩売って、潰してった。ランスロットが作戦練って、ガウェインが要塞とか兵器作って、アーサーがチート武器作ってんだから、負けるわけがねえわな〉

〈ツタ男さんは何してたの〉

〈俺？　俺はサボってた〉

〈サボ……え？〉

〈参加するふりだけしてた。戦争なんかどうでも良かったんだよ。アーサーが乗り気だから、付き合ってただけ〉

ため息でもつくかのように肩を落とすツタ男。

〈アーサーがだんだん遠くに行っちゃうみたいで、ちょっと寂しかったけどな。でもあいつは楽しそうにしていたから、それで良かったのさ。いつも俺たちは朝と夕方、二人だけでお喋りするんだ。他の時間、アーサーはチームの仕事をする。その間、俺は大人しく待ってる。退屈じゃないぜ、次は何を話そうか色々考えるからな。前の話を思い出してにやにやしたりもする。色んなこと話したなあ、ゲームについてだけじゃないぜ、リアルのこと、子供の頃のこと、将来の夢、好きな食べ物。仕事で嫌なことがあれば、慰めてくれた。誕生日に、おめでとうって言ってくれた。気づいたら俺の人生、アーサーを中心に回ってた。アーサーの言葉が一日中頭から離れなくて。次にアーサーに会ったら何を言うかを、ぐるぐる頭の中で考えて。俺、楽しかった。たぶんアーサーも楽しかったと思う。ずっと一緒に遊ぼうなって、約束したもん〉

〈何だか恋みたい〉

〈似たようなもんだったかもな〉

思いがけず肯定されてしまい、千香は唖然とする。

〈恋なんかしたことねえから、よくわかんねえ。でも自分よりも、アーサーに笑っていてほしいと思うようになった。アーサーが幸せなら、俺も幸せ。とうもろこしのパン、売るのが楽しくなった。街でおばあちゃんの荷物、持ってあげるようになった。仲良さそうなカップルや親子連れを見ても腹が立つどころか、自分までウキウキするようになった。何

つうか……男とか女とか関係ねえよ。付き合うとか付き合わないとかでもない。そう、これは愛だ。俺、愛を知ったんだよ！〉

ツタ男の口からそんな言葉を聞くと、何だか変な感じだ。おめでとう、と思わず拍手したくなる。

〈だけどよ〉

項垂れるツタ男。

〈ガウェインがずっと作り続けてたキャメロット城が、そろそろ完成するかって頃だった。少しずつみんな新しい拠点に移っていってよ。俺たちはぎりぎりまでキノコの家のあたりでうろついてたけど、そろそろ移動しなきゃな、って話になって。「明日、一緒に行こう」と約束したんだ。その時アーサーは、何か言いかけてやめた。俺が聞くと「何でもない。また明日」と言った。それっきりだ〉

〈えっ？〉

〈それっきり、アーサーはログインしなかった〉

あたりが静まり返る。

〈どうして。どういうこと。何年も一緒に遊んできたんでしょう〉

〈そうだよ〉

〈二人とも毎日のようにログインして、何時間も遊んでたんでしょう、なのにどうして、突然〉

〈俺も確かめたかった。ちょっと前に住んでいる場所の話をしたんだ。アーサーはアメリカ、シアトル在住で、俺はブラジル。飛行機ならそう遠くねえ。アーサーが来なくなって二週間が過ぎた頃、一か八か俺、行ってみることに決めた。自分でも無茶してると思ったよ。海外旅行も飛行機も、ゲームで知り合った相手に会うのも初めてだ。それでも俺、頑張って用意した〉

〈でもそれ、会えるかどうかわからないよね〉

〈そうさ。一応メールで連絡は入れたけど、返事はなかったからな。だけどこのまま何もせずにいられるか。俺、飛行機に乗ったよ。根拠は何にもないけど、会えるような気がした。見つからなきゃ、シアトル中を探し回ってやるつもりだった。こんなでっかい箱、持ってってたんだぜ〉

〈何の箱〉

〈びっくり箱だ。一見お土産の箱なんだけどよ、開けると人形が飛び出すんだ！　アーサーなら笑ってくれるに決まってるからな。ククク、俺を心配させた罰だぜ！〉

しばらく沈黙が続いた。

〈それで、会えたの？〉

〈会えた〉

良かったじゃない、と言おうとした時だった。

〈空港に変なばあさんが来てて、話しかけられた。「メール見ました、アーサーを探しに

来てくれたんでしょう」って。「そうです」と言ったらよ。アーサー、死んだってさ〉

ツタ男の体が再び震えていた。

〈持ってたびっくり箱が落ちて、人形が転がっていった。そのまま俺、しばらく動けなかった。アーサー、ずっと病気だったんだと。もう手の施しようがなかったんだと。プログラマーの仕事もやめて、家で静養してて。体が悪いからろくに飯も食えないし、どこにも行けない。酒やたばこもだめ。だけどゲームを始めてからは楽しそうだったとさ。ランドクラフトの中なら何でもできるし、変に気を遣われることもない。バカ騒ぎもできるからな〉

「そんな……」

〈写真見たよ。優しそうな顔の兄ちゃんだった。お墓も行ったよ。郊外の、風が気持ちい丘だった。最期に俺に言ってたとさ。「ごめんな」と〉

千香は何も言えなかった。

〈わかるだろ。いつか友達は必ず裏切るんだ〉

〈それは裏切りじゃないよ。アーサーだって本当は〉

〈俺にとっちゃ同じことだろうが！〉

ツタ男が壁を叩いた。

〈何年たっても、老いぼれても、一緒に遊ぶつもりだったのに。あいつは約束を破ったんだ。こんなのひでえよ。聞いてねえんだよ。俺、これからどうやって生きていけばいいん

だよ。あんなに辛い思いするなら、愛なんて知らなくて良かった。友達なんか、いらなかった！〉

〈ツタ男さん〉

〈あの日からどうしたらいいかわからねえんだ。俺の趣味はすっかりゲームになっちまった。だけどログインしてもアーサーはいない。ずっといない！　ただ一日中ゲームの中をうろついて。虚しくなってログアウトする。だけど他にやることもないから、またログインする。その繰り返しだよ。何のために生きてんのか、全然わかんねえ〉

〈だけど、ログレスは？　他にもチームの友達はいるはずでしょう。そうだ、ランスロットさんだって同じチームだったんだよね〉

〈ログレスだあ？〉

うんざりしたような顔のツタ男。

〈知るか、あんな奴ら。俺がアーサーのことを伝えても、ランスロットはちっとも悲しんでなかったぜ。あげくの果て、チートでアーサーそっくりのボットを作ってこう言ったんだ。「じゃあこれからは、僕が代理をやるよ」と〉

〈ひどい〉

〈だから俺、ブチ切れてさ。ボットごとボコボコにキルしてやったよ。復活しても追いつめてキル。逃げてもキルだ。俺のチートを使えばそれくらい簡単だからな。だいたいアーサーがいないログレスなんか、存在そのものが目障りでしかねえ。だから皆殺しにしてや

った。片っ端からキルし続けたぜ、誰もログインしてこなくなるまで徹底的にな、ハハハ！　ざまあみろ〉

千香は息を呑んだ。

〈まあ、そこそこ仲の良かったガウェインとかは見逃したがな。でもそいつらもだんだんログインしなくなっちまった。やっぱりアーサーがいてこそのログレスだったのさ〉

祥一のレポートに書かれていた内容が頭をよぎる。突然の内乱。カムランの戦い。そしてログレスの滅亡。

じゃあ、まさか。

〈あなたが、モードレッド……〉

〈そう呼ぶのはやめろ！〉

ツタ男が不快そうに首を横に振った。

〈それはアーサーがつけてくれたあだ名なんだ。あいつに呼ばれなきゃ意味ねえんだ。頼む、チッカ。お前はツタ男と呼んでくれ〉

壁が震えている。何やら重いものを積み上げるような気配が、あたりから伝わってきた。

7

〈ランスロットのやつ、俺たちを生き埋めにしようってんだな〉

ツタ男がぼそりと言う。千香は壁のブロックを一つ壊してみた。だが、向こう側に光は見えない。黒い壁だけがある。もう一つ掘っても、どこまでも壁だった。

〈奴からすりゃ俺は未だに危険人物なんだろう。だけどよ、見当違いってやつだ。アーサーがいないこのワールドで、俺はもう何もやる気がしねえんだから〉

項垂れているツタ男。

その寂しそうな背を見つめていると、千香は不思議な気持ちになった。

〈ツタ男さん〉

ただ可哀想で、何か声をかけたかった。励ましてやりたかった。大丈夫だよと伝えたかった。同時に、ツタ男に自分の姿が重なるのだ。小学四年生の頃の自分。こんなことならゲームなんか知らないままでいたかった、と布団をかぶって泣いていた自分。

〈友達がいらなかった、なんてことはないよ〉

ツタ男は何も答えない。代わりに小学四年生の自分が、ちらりとこちらを見た。そうなの？　と言いたげな瞳。

千香は頷く。

そうだよ。

〈そんなに悲しい思いをしたのは、それだけ大切にしていたからだよ〉

ツタ男がぴくりと動いたが、言い返してはこない。お前なんかに何がわかる、という顔だ。

わかるよ。だってあなたはまるで私だもの。

〈私たちに足りなかったのは、覚悟なんだと思う〉

ツタ男がこちらを向いた。何の覚悟？　と聞きたそうである。

〈愛する覚悟〉

クラスの人気者でいたいからゲームが好きだったの？　違う。最初はただ、心からゲームが好きだったはずだ。

〈愛が深まれば深まるほど、試練が待ってる。私たちは、それを乗り越えていかなきゃならない。周りに八つ当たりしても、違う何かを見ようとしても、解決にはならないもの〉

本当に好きだったら、気持ちは揺るがないはずだ。たとえ別れがあろうとも。ゲームがみんなからそっぽを向かれようとも、お母さんからいい顔をされなくとも。

ツタ男がようやく口を開いた。

〈ケッ。綺麗ごとだ。そんな気力、どっから湧いてくんだよ〉

〈湧いてくるんじゃないよ。それだけの魅力があるものだから、好きになるんだよ。私たちはもう、心の底ではわかってるはず〉

〈何言ってんだ、お前。よくわかんねえよ〉

〈あとは愛する覚悟だけだよ。勇気を出して認めて、前に進むんだ〉

〈勇気。どんな勇気？〉

小学四年生の千香が不安そうにこちらを見上げている。

〈ツタ男さんは、どんなに傷ついたとしても、やっぱり友達が欲しい。そう認める勇気〉

それから私は、誰が何と言おうとゲームが大好きだって、認める勇気。

小学四年生の千香が、泣きそうな顔をした。おそるおそる押し入れまで行って、そっと襖を開ける。中を探ると、クリッパーのキーホルダーが奥の方にひっかかっている。取り出して、そっと握りしめ、こちらを見る。

彼女と目を合わせ、千香は頷いた。その時にはパソコンの前に座っている千香の手にも、キーホルダーが握られていた。

待ってたよ。

そう言いたげなクリッパーの顔。

ツタ男が震えている。よろめきながらこちらを見つめる。

〈チッカ……〉

〈そんなの俺、怖い〉

〈私も怖い。だから一緒に行こう〉

少し考えてから、ツタ男が言い出した。

〈チッカ。インターネットって不思議だよな。すぐ隣に他のプレイヤーがいても、本当はそいつの顔も、性別も、何にも知らねえ。謎なんだ。でもさ、その分可能性がある気がすんだよ。もうこの世にいない人も、キャラクターの姿を借りて、遊びに来てたりしねえのかな。このチャットが、半分死後の世界に繋がってたりしねえのかな〉

〈そうだったらいいのにね〉

〈今だけそういうことにしねえか、チッカ〉

〈どういう意味？〉

〈こう言ってくれよ。「次は絶対、一人にしない」と〉

意図を汲み取った千香は頷き、自分からも頼んだ。

〈わかった。じゃあ私も謝るから、許してもらえるかな〉

〈よし。じゃあ、いくぞ〉

一呼吸置いて、二人はメッセージを送り合った。

〈アーサー。お前がいなくなって俺、本当に辛かった。辛すぎてもう、友達作りたくねえんだよ。だけど今、俺の前におもしれえ奴がいるんだ。お前みたいにゲームの犬に干し肉供えるようなバカなんだ！　友達になれそうなんだ、なりたいんだ。頼む、気休めでもいい。約束してくれ。俺を置いて死なないって〉

〈次は絶対、一人にしないよ。約束する〉

〈ありがとよ。アーサー……〉

ツタ男が深く頷き、息を吐くのが聞こえるような気がした。

〈さあ、次はお前の番だ〉

千香は頷き、キーボードに指を置く。

〈おじいちゃん、ひどいことを言ってごめんなさい。あれは八つ当たりでした。本当はお

じいちゃんも、ゲームも大好きです〉

ずっと伝えたかった思いを、心を締め付けていた呪いと共に解き放ち、メッセージボトルにして電子の海へと流す。どこかで誰かが流れ着いた瓶を手に取り、蓋を開く。そして返事が届いた。

〈いいんだ。気にしてないから、そっちも気にすんな。それより毎日、楽しくやんな〉

温かい涙が一粒、頬を伝う。くすっと千香は笑ってしまった。

〈おじいちゃんの口調と違う〉

〈うるせえ、無茶言うな〉

二人はもう一度だけ、逝ってしまった人を想って言葉を交わした。

〈楽しかったな、アーサー〉

〈おじいちゃん、ありがとう〉

目を閉じると、祖父の顔が浮かんできた。懐からそっとクリッパーのキーホルダーを取り出し、プレゼントしてくれた時の、いたずらっぽい微笑み。

——友達がたくさんできて、よかったね。

ああ。ようやく笑っている顔が、思い出せた。

8

「よしっ」

気合いを入れるため、千香は自分の頬をはたいた。

「もう中途半端だなんて、言わせるもんか」

すっきりしたら腹の奥が熱くなってきた。めらめらと何かがたぎってくるのを感じる。

これは怒りだ。さっきはランスロットに言いたい放題されたけれど、今度こそ。

〈ツタ男さん。念のため聞くけど、仲間を率いてプレイヤー狩りとかしてないよね〉

〈ああ？　するわけねえだろ。俺はずっと一人だ〉

〈やっぱりそうか〉

嘘のように頭が高速回転し始めた。千香はこれまでに起きたことを順番に思い出し、整理していく。

高速道路で襲ってきたモードレッド一味。遊園地を作ってくれたランスロット軍団、廃墟にしていったモードレッド一味。そしてキャメロット城で出会ったランスロットと、彼の手下のような動きを見せたモードレッド一味。

〈わかった。ランスロット軍団とモードレッド一味の戦いは、全部自作自演なんだ。ランスロットがアロンダイトのチートで、それっぽく見せかけていたんだ。全ての黒幕は、ランスロットだ〉

だとすると色んなことに筋が通る。

何度も宝を探すなと脅迫してきたのも、高速道路で千香と巧己を待ち伏せて攻撃したのもランスロットの差し金だったとするなら。

〈ランスロットはアーサーの宝を独り占めしようとしているんだ〉

そのために邪魔な祥一や巧己を攻撃した。でも、どうやって？　そういえば、と千香は所持品を漁った。

〈この聖杯が関係あるのかな。考えてみると、ずいぶんしつこく使わせようとしてきたけれど。非常用ボックスなんかにも仕込んで、ばらまいていたくらいだし〉

透明な瓶に入った赤い薬を取り出す。

〈ああ、噂で聞いたぜ〉

ツタ男が瓶を指さした。

〈これ、ランスロットオリジナルのチートだろ。裏コードを入力されると、パソコンがハッキングされるんだとか〉

〈なるほどね〉

それでわかった。巧己も祥一も聖杯を飲まされたのだ。巧己は遊園地で勧誘された時に、祥一はおそらくキャメロット城で追い詰められた時。

こんなもの、早く捨ててしまおう。

千香はキーボードのQキーを押した。それで聖杯が投げ捨てられる、はずだった。だが瓶は手から離れない。それどころか怪しい色に輝き出した。

「なっ、何これ？」

赤黒い光が瓶の口から迸《ほとばし》り、空中で束の間、幾条かの蛇のようにうねったかと思うと千香のキャラクターの全身に巻き付き、縛り上げた。

始めて見るエフェクトだ。画面にポップアップが現れ、よくわからない英文と一緒に〈服従モード発動〉と表示されている。千香は慌ててマウスを右に左にと動かしたが、コントロールが効かない。もがくことも、歩くことも、アイテムを使うこともできない。全く身動きが取れなくなってしまった。

パソコンが唸り始める。発熱しているのか、高速でファンが回っている。

〈大丈夫か、チッカ〉

〈だめかも。何か罠が仕掛けられていたみたい。でも心配しないで。何とかするから〉

〈何とかするって、どうすんだよ〉

〈わからないけど、方法はあるはず。いったんログアウトするね。必ず戻ってくるから、約束する〉

〈ふん、言ったな。お前に約束が守れるのかどうか、見ててやろうじゃねえか〉

〈うん。じゃあ、また後で〉

千香はゲームからログアウトし、パソコンをシャットダウンする。ディスプレイの光が消えると室内はかなり暗い。

「さあ考えろ、私」

千香は自分でもびっくりするほど前向きになっていた。

諦めないぞ。ランドクラフトでも敵に囲まれたり、ダイヤブロックが溶岩の中にあって取れなかったりしたじゃないか。そのたびに工夫して乗り切ってきた。私、ランドクラフト博士だったもの。

「よし、そうだ」

すぐに千香は方法を閃いた。パソコンに埋め込まれたウイルスのせいで、身動きが取れない。なら、別のパソコンからログインすればいいのだ。それなら一つ心当たりがある。

千香は財布をポケットに戻して立ち上がり、玄関で靴を履く。扉を開けると、外はいつの間にか激しい雨だった。

「一本借ります」

傘立てからビニール傘を取る。鍵をかけ、合鍵をガスメーターの裏に戻すと、千香は走り出した。

雨の中、ブレーキランプを明滅させる車たちが、みな赤い目で千香を睨んでいるように感じた。大粒の雨はアスファルトで跳ね返り、千香のズボンをぐしょぐしょに濡らしていく。夢中でゲームをやり続けていたせいで、お腹はぺこぺこ、喉もからからである。

だが歯を食いしばり、前だけを見て走る。掌にはクリッパーのキーホルダーを、ぎゅっと握りしめて。

商店街を抜け、米屋の角を曲がる。白い壁に沿って走り、門の前で立ち止まった。梅の木から水が滴《したた》り、足元の砂利で跳ねている。艶《つや》やかなオレンジ色の瓦が可愛らしい、小さな二階建てのおうちを見上げた。

しばらくそこで立ちすくんだ。

何度も来た場所。あの日から、ずっとここに来られなかった。

千香はインターホンをぐっと押し込んだ。

「はい、はい。どちら様」

祖母の声がする。

「急に来ちゃってごめんなさい。私、千香」

「あら、ちかちゃん？」

相手は驚いたようだったが、すぐに迎え入れてくれた。

「どうしたの、今日は」

少し早めの夕食を終えたところだったらしい。広いテーブルには空の茶碗とお椀とが一つずつ置かれていた。

「おばあちゃん、パソコン、使わせて貰ってもいいかな」

「おじいちゃんの？　ずいぶん久しぶりだね」

うん、と頷きながら自然と俯いてしまう。

「昔はあんなに遊ばせて貰ってたくせに、すっかり使わなくなって。かと思えば今頃こんなお願いするなんて、どうかとは思ってるんだけど。でも、大事なことなの」

「いいよいいよ、いつでも使って。それに、おじいちゃんから言われてるんだから」

「えっ？」

「いつかあなたが使うかもしれないから、全部そのままにしておけってね」

そうだったんだ。

千香は階段を上る。

二階の廊下の突き当りが、祖父の部屋だ。扉の前で立ち止まり、ノックして呼びかける。

「おじいちゃん。パソコン、借ります」

そっとドアノブを回すと音もなく扉が開き、微かな風が千香の髪を揺らしていった。中に入って明かりをつける。

何もかもあの頃のままだった。

よく寝そべって日向ぼっこをした窓際。漫画本が並ぶ本棚。そして、おなじみの机と椅子とパソコン。

祖父がいつも腰掛けていた革椅子に座る。キーボードの埃を払う。電源ボタンを押すと、微かな唸り声を上げて、パソコンが起動した。

ディスプレイが輝き出す。古くて性能も低いせいだろう、一つ一つの動作は重いが、ちゃんと動く。ランドクラフトをスタートさせる。アカウントとパスワードを入力してログインし、ワールドを選ぶ。

はっと息を呑んだ。

千香宛てにワールドへの招待状が届いていた。時間は今日の昼前、ちょうど千香がツタ男と一緒にキャメロット城をさまよっていた頃である。送ってきたアカウント名はsyo1とgg-taku。招待されたワールド名は――「おひさま王国」。

小学生の頃、千香たちが遊んでいたワールド。

震える指で、マウスをクリックする。

ローディングが終わり、世界が現れる。

そこはいつかのパーティ会場だった。

お城の中庭に料理が並んでいて、すぐそこにダンスフロアがある。大きな月が浮かぶ夜、空には星が煌めき、あちこちのライトもまばゆく光っている。

「どうして」

千香はそう呟くのが精一杯だった。

ふらふらと一歩進むと、足元のスイッチが反応した。音楽が流れ出し、花火が城から打ち上がる。幾条も光の尾を引いて駆けのぼり、小気味のいい音を立てて光の粒をまき散らす。七色の粒子があたりに降り注ぐ。

テーブルには、すでに客が座っていた。

ゆっくり近づいてきた千香に気がつくと立ち上がり、メッセージを送ってきた。

〈待ってたぞ、千香！〉

9

〈本当に祥一と巧己なの？〉

そこにいたのは紛れもなくプレイヤー名、syo1とgg-taku。ずっと探し続けていた二人だった。スーツに眼鏡の姿が祥一、色黒で短髪の姿が巧己である。

〈千香、お前スマホ見てないだろ。何度も連絡入れたんだぞ〉

慌ててポケットからスマートフォンを取り出す。いつからだろう、充電切れになっていた。

〈良かった！　無事だったんだね〉

〈お陰様で。巧己から聞いたよ。僕の勝手な行動のせいで、ずいぶん心配をかけたみたいだね。悪かった、反省してる〉

〈祥一は俺が叱っておいたから安心しろ、千香〉

〈もういいよ、そんなの〉

ほっとしたら、次々に疑問が浮かんできた。

〈ねえ、あれから何があったの？　今、どこにいるの？　そこは安全な場所なの〉

〈ほら、祥一。説明してくれ〉

巧己が祥一の背中を押した。

〈わかったよ。ええと、どこから話せばいいかな〉

〈何となくの予想はついてるけど。ランスロットに聖杯を飲まされて、パソコンをハックされたんだよね〉

おお、と巧己が驚いたようにのけぞる。祥一が頷いた。

〈そこまでわかってるなら話は早い。僕が身動き取れなくなったところで、ランスロットに脅迫されたんだ。宝探しに協力しろ、さもなければ個人情報を悪用するとね。仕方がないから僕はランスロットに頭を下げて、服従を誓った。そのままランスロット軍団の本拠地、「要塞ジョイアス・ガード」に連れて行かれ、アイテムを作るように命令された。倉庫の中でアイテムボックスに本を詰めたり、かまどでパンを焼いたりしている。まあ、雑用だね〉

〈ランスロットの言いなりになってるの？　どうして〉

〈もちろん、相手を油断させるためだよ〉

祥一が身を乗り出す。

〈降伏したように装って、現実の僕は家を離れた。少々身の危険も感じたものでね。悪用というのがイタズラ電話やピザのなりすまし注文くらいだったらいいんだけど、最悪はダークウェブで殺し屋をさしむけられる、なんて可能性もあるから。結局、二つ先の駅のビジネスホテルに避難した。親が無料券を持ってたというのもあるけど、パソコンの貸し出しができるから。別のパソコンを使って「服従モード」を無効化しつつ、反撃の機会を窺

うことにしたんだ〉

千香は聖杯を飲まずに捨てようとしただけなのに「服従モード」が発動してしまったのは、そもそも祥一のパソコンがすでにハッキングされていたからだったのかもしれない。

〈するとそのうち、巧己が倉庫にぶちこまれてきた。そこで初めて避難先を伝えてなかったと思い当たったたんだ〉

〈全く、スマホくらいチェックしろよな。こっちはランスロットに連行された先で祥一がパン焼いてたから、二重にびっくりだよ〉

〈申し訳ないと思ってる。昼も夜もないくらい、夢中になっていたものだから……とにかく巧己にもこの避難先を教えて、来て貰ったんだ。今は一緒の部屋に泊まって、それぞれパソコンを借りてプレイしてる。もちろん、二人とも元気だよ〉

千香はほっと胸をなで下ろした。

〈心配したんだからね〉

〈ごめん、千香。ありがとう〉

ふと、巧己がこちらに歩いてきた。何やらもじもじしてから口を開く。

〈ここまで迷惑かけておいて、言いづらいんだけどさ。できれば千香にもその、手伝って欲しいというか。一緒に戦ってくれると心強いんだけど〉

千香が返事をする前に、巧己が続ける。

〈いや、やっぱり無理だよな。だって千香は英語のテスト、あるんだもんな。わかってる

けど、一応〉

〈もちろん、私も戦うよ〉

〈えっ？〉

〈ランスロットにはさんざんひどい目に合わされたからね。このまま引き下がれないよ。テストはその後からでも何とかなる！〉

巧己が絶句している。祥一がにやっと笑った。

〈それでこそ千香だね。僕たちの王様だ〉

祥一はそう言うと、あたりを見回した。

〈連絡に「おひさま王国」を使うというのは巧己のアイデアなんだ。確かにここなら気兼ねなくメッセージを送れるし、千香にも気づいて貰えそうだと、僕も賛成した。何年ぶりだろう、久しぶりに来たよ。よくデータが消えてなかったものだね〉

〈おじいちゃんが残しておいてくれたみたい〉

〈ところでどうしてこんなに飾り付けやら、ケーキの用意がされてるの？　誕生日パーティでもやってたのかな〉

祥一の呑気な言い草に、ちょっと腹が立つ。

〈あのね。これはアニバーサリーパーティ。覚えてないの？　小学四年生の時に、ちゃんと招待したでしょう。二人とも来なかったけれど〉

しばらく祥一が固まった。

〈あー……ごめん。完全に忘れてた。当時も、今も忘れてた〉

しどろもどろの祥一に、千香はため息をつく。

〈もう気にしてないから、いいよ。それより作戦会議をしよう。どうやってランスロット軍団と戦うか〉

千香はテーブルにつき、二人を手招きする。一つ頷いて祥一が座る。巧己はまだ立ったままだ。

〈巧己?〉

心なしか項垂れて、巧己は言った。

〈俺、覚えてた。アニバーサリーパーティ。覚えてて、行かなかったんだ〉

えっ。千香の見つめる前で、巧己のメッセージが続く。

〈ゲームは楽しかったよ。だけど、いつも千香が先を行ってただろ。嫌だったんだ、ずっと後ろをついていくのは。俺にも何か好きになれるもの、大切なものが欲しくて、空手とかサッカーとか野球とか色々試してたんだ。それで、あの日、行かなかった〉

巧己が顔を上げる。

〈ごめんな。意地悪したかったんじゃない。自分のことで精いっぱいだったんだ、俺〉

〈ううん、いいよ〉

千香は素直に相手を許せている自分に気が付いた。

〈でも俺、千香がゲームやめたって聞いて、ちょっと寂しかった。俺の中でゲームと言え

ば、千香だったからさ。だから今、嬉しいんだよ。あの頃の眩しかった千香がまた、戻ってきたみたいで〉

〈私も嬉しい。二人が友達で良かった〉

時に離れても、いつか違う形で出会う。それぞれ昔とは変わっていても、懐かしく語り合える。友達ってそれでいい、それがいいのかもしれない。

四年越しのパーティ会場で、三人は顔を突き合わせる。

〈ようし、やるよ。ランスロットをやっつけるんだ〉

戦意を漲らせている千香の前で、巧己はやや及び腰だ。

〈でもさ、本当に勝てるかな。だって相手はあのログレスの頃からの、歴戦のプレイヤーなんだぜ。仲間もたくさんいるし、チートだって使いこなしてる。正直、相手が悪いんじゃないかって気も……〉

〈大丈夫〉

千香は即答する。祥一が笑う。

〈言い切ったね〉

〈私も正直、不安はあるよ。でもこのおひさま王国に来て、二人と会ったら吹き飛んじゃった。ほら、見てよ〉

背後を振り返る。

そこには巨大な城がそびえ立っている。キャメロット城と同じか、もっと大きいかもしれない。装飾の細かさではさすがに敵わないが、宝石ブロックで飾りつけられ、隠し部屋やトラップだってあちこちに仕掛けてある。小さいが城下町だってあるし、博物館もある。クラスの友達一人一人に部屋まで用意してあるのだ。

〈こんなに好きだったんだもの、ランドクラフトのこと。ランスロットにだって、負けないはず〉

〈確かにな〉

二人も頷いた。

〈よし、やろう。反撃開始だ！〉

三人で手を合わせ、気合いを入れた。

ふと、千香は呟いた。

〈あ。いけない、大事なこと忘れてた〉

〈なんだよ千香、締まらないな〉

ごめん、と頭を掻く。

〈もう一人、友達呼んでもいい？〉

10

再び2B2Dにログインした千香は、まず体が自由に動くのを確かめた。手を、足を、狭い筒状の牢獄の中で存分に振り回す。

よし、大丈夫だ。やっぱりランスロットの「服従モード」は、パソコンを変えれば機能しない。

〈ツタ男さん〉

〈戻ってきたか、チッカ〉

〈約束は守るよ。さあ、ここから抜けだそう〉

千香は腕まくりすると、足元の方に向かって狙いを定め、マウスをしっかりと握る。そしてブロックをひたすら殴り始めた。ランスロットは千香たちを生き埋めにして満足したらしいが、ここはゲームの中だ。時間はかかるけど、素手でだって脱出できる。

一か所を殴り続けて約四分。画面に向かっている身としては焦れったくなるほどの時間が過ぎた時、ようやくブロックが一つ、ぽこっと壊れる音がした。また四分かけて同じ場所を掘る。それを五回繰り返して、ようやくあの下水道に出られた。

〈ふう、やっと狭苦しい場所からおさらばできたな〉

伸びをしているツタ男に、千香は言った。

〈ツタ男さん。私、これからランスロットと戦おうと思うの〉

〈そうか、頑張れよ〉

〈一緒に戦わない？　友達にも紹介するから〉

〈ふん、俺は友達なんか〉

ツタ男がそっぽを向く。背を向けたまましばらくして、ぽつりと言った。

〈いや、違ったな……〉

ゆっくりとこちらに向き直る。

〈いいぜ、手伝ってやるよ。チッカは友達だからな〉

〈ありがとう！〉

〈今回だけだぞ、今回だけ！　退屈だったら承知しねえからな〉

そう言って睨みつけてくるツタ男と握手を交わす。

〈で？　これからどうすんだ〉

〈まずはグループチャットに招待するよ。ちょっと待ってね〉

千香、祥一、巧己、ツタ男。それぞれを千香が紹介すると、グループチャットはしばし騒然となった。

〈僕、ログレスのレポートを作成している者です。つきましては、この戦いが終わったらインタビューをお願いしたいんですが〉

そう祥一が言えば、巧己は興奮したように繰り返す。

〈モードレッド、本物かよ！　ランスロットともモードレッドとも話ができたなんて、なんかめちゃくちゃ不思議な気分だ〉

〈うるせえ、うるせえ、知らん、知らん〉

ツタ男は照れているのか困っているのかわからない。その両方かもしれない。適当なところで千香が切り上げさせる。

〈さあ、みんなで力を合わせて頑張ろう。参謀、説明をお願い〉

祥一が後を引き取った。

〈そうだね。参謀を務めます祥一です。よろしくお願いします、モードレッドさん〉

〈ツタ男の方で呼べ〉

〈じゃあ、ツタ男さん。僕が考えている作戦はシンプルです。二手に分かれて、ランスロットの本拠地に攻撃を仕掛けます。ちなみに要塞ジョイアス・ガードっていうのはこれですね〉

共有された画像を見て、千香は目を丸くした。

巨大な球形の基地が、雲の上に浮かんでいる。あちこちに砲門が備えつけられているのが見てとれ、あたりをパトロールしている戦闘機らしき姿もあった。

〈SF映画みたい〉

〈正式には空中要塞ジョイアス・ガードというらしい。ピストンブロック、わかる？ 回路で信号を入力すると動き出して、一つ隣のブロックを押し出したり、引っ張ったりするブロック。その押し出す力を利用したエンジンを作って、戦車や戦闘機を配備しているんだ。この砲門も飾りじゃないんだよ。ちゃんと爆弾ブロックを連射できるように作られている。命中さえすれば、ほぼ一撃でキルが可能なんだ〉

〈文字通り、軍団ってわけか〉

〈僕と巧己が雑用をさせられているのは、ジョイアス・ガードの倉庫。作戦決行と同時に内部で暴れまわるから、千香とツタ男さんには、外からの攻めをお願いしたい。材料を集めて飛行機を作ってもらうことになるかな〉

千香は首をひねる。

〈簡単にはいかなそうだね〉

〈なあ、そういえばさ。ツタ男もチート使いなんだろ。「クラレント」ってチートは使えないの？〉

巧己の質問に、ツタ男はぼそりと一言。

〈意味ねえよ〉

〈え、何で？　雷を操れるんだろ。ログレスの兵士を全滅させたのも、その力だって噂だけど〉

〈クラレントは戦闘向きじゃねえ。要塞攻めなんて、一番の苦手分野だ〉

〈ふーん……〉

〈それより、もっといいもんがあるぜ〉

〈ツタ男さん、何か案でも？〉

思わせぶりに頷いてから、ツタ男は言った。

〈ラグ・マシンって知ってるか〉

会議を終えて、千香はスマートフォンにタイマーをセットした。

〈作戦開始は二十分後。祥一と巧己は、もう準備に入ってる〉

ツタ男を振り返る。

〈行こう、ツタ男さん〉

背が軽く押されたと思うと、もうツタ男は走り出していた。ついてこい、ということらしい。二人は下水道を、水の流れる方へと進む。途中、ランスロット軍団の見張りなのだろうか、座り込んでいるボットの前を通り過ぎた。その瞳に微かな赤い光が灯る。

〈さあ、鬼ごっこスタートだ。追い付かれんなよ〉

千香は思いっきりキーを押し込み、全速力で走った。後ろからはボットが追ってきているはずだ。

角に突き当り、曲がる。また角で曲がる。少しずつ下っていく。水路はえんえんと続いていて、地の底まで下っていくような気がする。

ツタ男の話によると、ラグ・マシンはこの水路の内側に格納されているらしい。

〈思ったんだけど、直接掘って入っちゃだめなの〉

〈やってみりゃいいじゃねえか〉

時間のロスを覚悟して掘ってみたが、二、三ブロック分掘るとそれ以上進めない。透明な壁があるかのように、空中で遮られ、掘れなくなってしまうのだ。

〈ガウェインのチートだよ。何者も寄せ付けず、攻撃も効かないバリアブロックで囲まれ

てる。バリアの隙間からしか入れねえ〉

〈なら、そう言ってくれればいいのに〉

仕方なく千香は進み続けた。一度振り返ったが、追っ手の姿はまだ見えない。ボットの起動には案外時間がかかるのかもしれない。

〈ゴールだ〉

二人は終点に行き着いた。

流れる水は、足元の格子蓋を通って暗い穴へと消えていく。

〈行き止まりだけど、塞がれた跡があるね〉

〈そこが正規の入口だ。掘ってみろ〉

千香は左手の壁を掘り始めた。一つ。二つ。五ブロックほど掘ったところで、石壁が鋼鉄の壁に変わった。さらに掘り進む。

「あ……」

分厚い鋼鉄の壁が突然途切れ、だだっ広い空間が現れた。全貌がよくわからない。と、勝手に明かりがつき、当たりを照らした。

がらんどうの高層ビルの中に、とてつもなく大きな銀色の六角柱が納められている、といった光景。壁には規則正しい間隔でライトが据え付けられ、淡い光で闇に巨体を浮かび上がらせている。

「これが、ラグ・マシン」

千香はおそるおそる柱に近づく。ところどころ開いた穴から、中を覗いてみた。シリンダーやパイプ、無数のピストンブロック、そして回路らしきものがぎっしりと詰まっていて、車のエンジンルームのようだった。

〈すげえだろ。他のワールドでこんなもん作ったら、一発で追い出《BAN》されるぜ。作っている時のガウェイン、嬉しそうだったなあ〉

〈私、まだよくわかってないんだけど、これはどういう機械なの？〉

〈ラグ、要するに通信遅延を作るための装置さ。ほら、来い〉

千香とツタ男はラグ・マシンの中に入り込むと、梯子に取りつき、登り始めた。

ごちゃごちゃしているが、内部の構造は意外と単純だ。

まず骨組みがある。井の字の形に組まれた鉄材が、何重にも積み重ねられている。その周りにびっしり、無数にピストンブロックが配置されている。まるで魚に卵を生みつけられた海藻だ。ピストンの総数は何百、何千という単位になるだろう。そして上からレースのカバーでもかけたように、配線が張り巡らされている。

〈ピストンブロックを動かすと、コンピューターに負荷がかかるのはわかるだろ。じゃあ、こんだけいっぺんに動かしたらどうなる？　計算量が一気に増えて、コンピューターの性能が追い付かなくなる。ラグが生じて、画面がカクつき出す。いわゆる「重い」ってやつか。それでも動かし続けると、最後にはコンピューターが白旗を上げる。つまり、サーバーが落ちる。ワールドが停止するんだ〉

〈ゲームの世界を破壊する爆弾みたいなもの？〉

〈そうだな。ま、サーバーを再起動すりゃいいんだけど。そのたびにラグ・マシンを動かせば何度でも壊せるな。２Ｂ２Ｄでの嫌がらせの中でも、これは最強だろうよ〉

あたりのピストンブロックたちが一斉に出たり引っ込んだりするさまを想像して、千香はぞっとした。

〈ま、今回はこのピストンの一部をちょちょいと作り替えて、即席ミサイルにするってわけだ〉

ツタ男が梯子から離れ、ピストンブロックに何か細工を始めた。

〈下向きにして。粘着ピストンをこう、向き合わせてと。おっと、姿勢制御できるようにしねえとな。ケケッ、スイッチ入れるなりぶっ飛んでいくぜ。ちょっとした大陸間誘導弾だあな〉

楽しそうにしている。こういうイタズラはお手の物という感じだった。

〈おら、ぼさっとすんな。チッカ、お前は操縦席を見てこい！　配線が途切れてないか、チェックしながらだぞ〉

〈はい、はい〉

梯子を登り切った先、配線を辿って階段を上っていくと、小部屋に辿り着いた。ガラスで囲われた中に椅子が二つ見える。ドアを開けると明かりがつき、室内を青白く照らし出した。椅子の前に無数のスイッチやレバーが並んでいた。

〈こちら千香、操縦席に入ったよ。何が何だかわからないけど〉

〈その辺に回路図かなんか、あるだろ、そいつを見せろ〉

言われたとおりに画像を共有すると、すぐにツタ男は読み解いてくれた。

〈赤いレバーが主電源だな。十字型に配された黒いボタン四つが、それぞれラグ発生装置に繫がってる。全部押せば最大出力ってこった。まだいじるなよ、チッカ！　黒ボタンで操縦できるよう、改造すっからってクソ、この野郎〉

〈どうしたの〉

操縦席から出て見下ろすと、床の近くで赤い光がいくつも瞬いているのがわかった。

〈ボットの野郎どもだ。おい、さっさと加勢しろ、作業ができねえ〉

〈今行く〉

梯子を下ろうとしたが、それでは間に合わない。千香は一つ唾を飲むと、一つ下の鉄骨に狙いを定め、飛び降りた。何とか着地に成功すると、また一つ下の鉄骨を狙って飛ぶ。順々に、下へと降りていく。

〈チッカ、早く！〉

悲鳴のような声。千香の見つめる先で、黒い顔に赤い目を輝かせたボットが、今まさにツタ男に飛び掛かろうとしていた。

「えいっ」

押しつぶすようにドロップキック。死角から頭を蹴られたボットは、そのまま壁まで吹っ飛んでいく。

〈やるな、チッカ〉

〈こいつらは私が何とかするから。ツタ男さんは、作業続けて〉

〈わかってらあ〉

ツタ男もさすがだった。一切手を離さず、改造を続けている。それがまた早い。目まぐるしくブロックを取り外し、つけなおし、配線を結びなおす。かなりゲームをやりこんでいるのは間違いなかった。

〈ほら、次々に来るぞ〉

入口からはぞくぞくと新手がやってくる。ボットたちは、見つけたぞ、とでも言わんばかりに身を震わせると、その目をぎらりと瞬かせて剣を抜く。赤い光がサーチライトのように交錯《こうさく》する。

千香はツタ男との間に立ちはだかると、近くに落ちていたブロックと木の棒とを取った。これを武器の代わりにするしかない。

ボットが一歩出る。ぎりぎりまで動きを見て、一歩後退。振り下ろされる剣をかわす。体勢を崩したところに棒で一撃。その足元にブロックを素速く設置。つまずいたボットは、そのまま鉄骨から転げ落ちていった。

プレイヤーが動かしているのと違って、動きは単純だ。何とかなるかもしれない。

そう思った時、いきなり後ろから切り付けられた。ハートが五個、一気に削られる。横っ飛びして振り返ると、まるで虫のように鉄骨にしがみついているボットがそこにいた。すかさずパンチを浴びせ、振り落とす。

〈まだ?〉

〈あとちょっとだ〉

相手の数が多すぎる。

眼下では次から次へと新たなボットが鉄骨に組み付き、這い上がろうともがいている。床がほとんど埋め尽くされているほどだ。さらに何人かを突き落としたが、きりがない。

その時、ラグ・マシンが一つ震えた。配線に一瞬、赤い光が流れて消える。

〈よし、できたぞ〉

〈先に操縦席に行って!〉

梯子を登るツタ男を守りながら、千香も続く。枝を這い上がる蟻の群れのようなボットたちを牽制しつつ、登り続ける。操縦席にツタ男が入った。

〈早く、早く〉

〈主電源オン〉

右から左から押し寄せるボットたちと格闘する。もはや、波にのまれないようにもがいている、と言った方が近い。それでも足元に微かな振動が走ったのは感じられた。

〈よし、行くぜ。ラグ・マシン発進!〉

途端、激しくピストンブロックが動き出した。シリンダーが行き来し、蒸気が噴き出し、鉄骨が揺れ、回路が目まぐるしく赤く明滅する。それらの動きは、どんどん速くなっていく。千香は振り落とされないよう、鉄骨にしがみついた。

ラグ・マシンが上昇し始めた。

底部のピストンブロックが、次々にブロックを押し出すことで推進力を生み、全体をロケットのように空中へと押し上げる。

何かを引き裂くような轟音の後、あたりに明かりが差し込んできた。てっぺんが、天井をぶち抜いたのだ。

壮麗だったキャメロット城が、地底から現れた巨大兵器に貫《つらぬ》かれ、ばらばらに壊れていく。ブロックの欠片が雨あられと降り注ぎ、ボットたちが振り落とされ、奈落《ならく》へと消えていく。勢いは止まらず、ますます力強く、ラグ・マシンは上っていく。ついに地上を離れ、蒼空の中をツタ男と千香は飛んでいた。


〈こちら千香。今のところ、作戦通り〉

〈こちら祥一。了解〉

ラグ・マシンは十分に高度を上げると、空中要塞ジョイアス・ガード目がけて水平飛行に切り替えた。千香はボットの最後の一匹が落ちて行ったのを見届けると、操縦席に入り、あたりを見回す。

窓の向こうに広がる光景は、現実離れしていた。

あたりを取り囲む白雲。遥か下に広がる地表。

キャメロット城は外周といくつかの塔だけが残り、中心部には大穴が空いている。大広間なんか影も形もない。ただ、ラグ・マシンの頭に玉座だけが、ぽつんと乗っている。

ラグ・マシンの影に群がっている胡麻粒のようなものは、振り落としたボットたちだ。今なお健気にこちらを見上げ、届きもしないのに剣を振ったり弓を構えたりしている。

操縦席に寝っ転がりながら、ツタ男が言った。

〈ここまでは上出来だな〉

〈うん〉

ツタ男は祥一から送られてきた座標を元に、レバーを微調整した。大型船の舵《かじ》のように、じりじりと時間をかけてラグ・マシンは針路を変える。やがて方向が定まり、機首が安定した。行く手には高い山がそびえたっている。このまま飛んでいけば、ラグ・マシンのお尻がほんの少しかすめるかもしれないが、ほとんど問題なく越えていけるはずだ。その先に浮かぶ入道雲の中に、空中要塞がある。

睨みつけていると、灰色の中にうっすらと暗い球が見える。少しずつ確実に大きくなっていく。漆黒の太陽のよう。

〈ツタ男さん、あとどのくらい？〉

〈一分ってとこか〉

〈こちら千香。目標地点までは一分〉

〈こちら祥一。了解。タイミングを合わせて、こっちも動くよ〉

巧己が付け加える。

〈要塞の中ではサイレンが鳴りっぱなしだ。ランスロットはとっくにラグ・マシンに気づいてる。戦闘機も出撃し始めた。気をつけろ〉

〈うん、わかってる〉

黒い球から、何か小さな欠片がばらばらっと振りまかれた。と見るや、欠片はぱっと翼を広げて舞い上がり、弧を描いて旋回しながら、瞬く間に整然とした編隊を組み上げる。おそらくラグ・マシンと同じような仕組みで飛んでいるはずだが、サイズの違いのせいか向こうの方が遥かに俊敏に感じられる。

たとえるなら、獰猛《どうもう》なカモメの集団。コクピットのガラスが煌めく様は、獲物を見つけて舌なめずりしているよう。

いよいよ対決だ。

ひた、と背中にシャツがくっつく。気づけばじっとりと汗をかいていた。手にも、額にも冷や汗が滲み出ている。

千香は唾をごくりと飲み込むと、レバーを慎重に調整した。

「ほんの少しだけ……右かな……」

狙いを空中要塞に定める。最高速度で、最短距離を突っ込ませるんだ。

重々しい振動とともに、ラグ・マシンはぐんぐん加速する。雲に突っ込み、あたりの視界が灰色に染まった。高い山が近づいてくる。

千香は指の震えごとマウスを握りしめながら、自分の心臓の音を聞いていた。

〈よし、ここからが勝負どころだぞ〉

祥一が言うと、巧己が弱音を吐いた。

〈緊張してきたよ、俺。うまくいくかな。ちゃんと陽動が効くかな〉

〈僕は何とかなると思うよ〉

〈へっ、負けたら負けたで面白れえじゃねえか〉

〈あんたら、強いなあ。千香はどう。恐くない？〉

〈私はね、えっと〉

体がぶるっと震える。喉がからからだ。

〈な、千香も怖いよな〉

〈ううん〉

首を横に振る。

〈不思議なんだけど、全然怖くない。今、何て言うか〉

光が見える。雲を抜ける。

目の前に、空中要塞が浮かんでいる。あちこちに棘のように飛び出しているのは、砲塔だ。要塞を守るように、戦闘機たちが四つの隊に分かれてこちらを窺っていた。

〈すっごく、ワクワクしてる！〉

ラグ・マシンの操縦席は太陽に照らされ、ボタンやレバーが輝いている。その光の中で、千香はツタ男と目を合わせて頷き合った。

〈どういうつもりなんだ、お前たち〉

突然、ランスロットからチャットが飛んできた。

〈ランスロット軍団に喧嘩を売るつもりか？　そんなことして、どうなるかわかってるのか。またパソコンを止めてやるぞ〉

〈止めてみれば？〉

千香は言い返す。しばらくして、焦ったようにランスロットが呟いた。

〈くそっ、ウイルスを解除したか。それとも新しいパソコンを買ったか〉

〈さあね。それよりこの六角柱、何だかわかる？〉

〈ふん！　不格好なロケットだな〉

〈これはラグ・マシンだよ〉

〈なに？〉

〈あなたの昔の仲間、ガウェインが作ったんだって。城の地下にあったはずだけど、知らないの〉

しばらく応答が途絶える。周りの仲間と相談しているのかもしれない。やがて慌てた様子で返信があった。

〈バカ、何考えてんだ！　今すぐそいつを止めろ〉

〈さーて、どうしようかな〉

〈お前、城の地下には下水道があるだけだって言ってたじゃないか。ちゃんと確認しなかったのかよ。降格、降格だ、お前なんか。せっかく目をかけてやってたのに〉

〈ランスロットさん、落ち着いて。部下に送る内容を、私に送っちゃってるよ〉

〈くそ、お前、くそ〉

〈さあ、syo1とgg-takuの拘束《こうそく》を解いて、これまでのことを謝りなさい。さもないと、要塞のすぐ近くでラグ発生装置のスイッチを入れちゃうよ？〉

〈お前ごときザコプレイヤーが、僕に要求だって。偉そうに、ちくしょう〉

くすくす笑ってしまいそうになる。ここは思いっきり挑発するくらいでちょうどいい。

〈いい気味だぜ〉

巧己が言い、祥一も続いた。

〈いい感じに気を引けてるね。さあ、追い打ちをかけるよ、巧己〉

〈オッケー〉

次の瞬間。空中要塞の一角で大爆発が起きた。

壁が吹き飛び、中から戦闘機が二機、転がり出る。ぶつかり合ってきりもみしながら落ちていく。

〈うわっ、何だ？〉

ランスロットが慌てている。

次は要塞の反対側で爆発が起きる。立て続けにあちこちの壁が破れ、ブロックの破片が雨となって落ちていく。しばし時間が過ぎてから、眼下の海に白い波が立った。

〈大砲や爆弾用の火薬に火をつけて回ってるんだ。要塞の中は大混乱だよ〉

〈二人とも、頑張って！〉

黒煙が少しずつ晴れていくと、要塞の下半分が吹き飛び、骨組みだけになっているのが見えた。あちこちに炎が上がり、時々思い出したように爆発が続く。消火しようとしてか、ランスロット軍団のプレイヤーたちが駆け寄ってきては、吹っ飛んでいく。中には空中に放り出される者もいる。

〈2B2Dのプレイヤーの皆さん！〉

突然ランスロットが叫んだ。今度は一体何だ。

〈今、緊急でみんなに呼びかけている。ランスロット軍団のランスロットだ。大変なことになった。chika-chanという悪党のチームが、いわれもなく僕たちに攻撃を仕掛けてきたんだ〉

巧己が不思議がる。

〈何言ってんだ、この人〉

〈巧己、僕たちへの送信じゃないぞ。これ、ワールドチャットだ。ログイン中のプレイヤー全員に呼びかけている〉

ランスロットの演説は続く。

〈敵は卑怯な手を使ってきた。なんと、ラグ・マシンを持ち出したんだ。初心者プレイヤーたちへの援助を打ち切り、宝を諦めろ、要求を呑まなければラグ・マシンを使うと、僕たちを脅してきたんだ〉

巧己が慌てる。

〈おいおい祥一、まずいんじゃないの。あいつ嘘八百を言いふらしてるぞ〉

〈こっちを悪者に仕立てあげるつもりみたいだね〉

〈落ち着いて分析している場合か〉

〈大丈夫だよ。2B2Dのプレイヤーはそう単純じゃないと思う。それに、泥仕合はこちらの望むところ〉

すぐにワールドチャットに動きがあった。広告やスパムのリンクに混じって、プレイヤーたちの声が並んでいく。

〈何が始まったって?〉

〈ワールドチャットでやるなよ、うるせえから〉

〈おいおい、ワールドが止まるのは困るぞ。ランスロット頑張れ〉

〈どこで戦争やってんの。座標教えて、見に行く〉

ランスロットは相変わらず演説を続けている。

〈このままじゃ奴らの私利私欲のために、ワールドが破壊される。心あるプレイヤーは、

僕たちと一緒に戦ってくれ！〉

〈千香、行ける？〉

〈うん〉

千香はチャットを切り替え、ワールドチャットに乱入した。

〈みんな、ランスロットのでたらめを信じちゃだめだよ！　本当に私利私欲で動いているのは、ランスロット軍団なんだ。その証拠に、ランスロット軍団はモードレッド一味と裏で繋がっていた。いや、モードレッド一味の正体は、ランスロットのボット。全てはやらせだったんだよ〉

またもワールドチャットがざわつく。書き込みが一気に増えていく。

〈なんか悪党さんが苦し紛れに言ってるぜ〉

〈面白くなってきた。つぶし合え、つぶし合え〉

〈chika-chan の方が正義だと思う。ランスロット軍団は前から怪しいと思ってた〉

〈こんな掃きだめのワールドで、正義もくそもねーだろ〉

ほとんどはただ面白がっている書き込みだ。

〈何を言う！　モードレッド一味と組んでいたのは、chika-chan の方だ。こっちにはボットを通じて情報が入ってる。お前とモードレッドが、キャメロット城の地下でラグ・マシンを起動させ、操縦席に乗り込んだとな〉

うっ、と千香も思わず言葉に詰まった。

グループチャットで祥一がぼやく。

〈それを言われると弱いね。なんせ実際に今、モードレッド本人と一緒に行動してるんだから〉

迷った末に、千香は必死に言い返す。

〈みんな、聞いて。ランスロット軍団が配っていた「聖杯」というアイテム、知ってる？便利なチートツールみたいに宣伝してるけど、あれは猛毒。使うとランスロットに逆らえなくなる。表ではランスロット軍団が聖杯を配り、裏ではモードレッド一味が宝探しに来た人を殺して回る。こうして二つを使い分けて、宝を独占するつもりなんだ〉

〈あ、これは悪手。突っ込まれるかな〉と祥一が呟く。それからほとんど時間を置かず、ランスロットが言い返してきた。

〈みんな見たか。chika-chan は話をずらして、難癖をつけてきたぞ。モードレッドと一緒にいることについて、釈明できないと言ったも同然だ。これでわかっただろう？　真の悪はこいつらだ。知っての通り、モードレッドはアーサーを裏切りログレスを滅ぼした、2B2Dの歴史に残る大悪人。chika-chan はその一味だ。未だにこうして、善良なプレイヤーを陥れようとしている〉

〈やっぱりね。かなり押し込まれた〉と祥一。

焦りながらも、千香は懸命にキーボードを打ち込んだ。

〈アーサーはモードレッドに裏切られたんじゃない。まずアーサーが来なくなって、それ

からモードレッドとあなたが喧嘩しただけだって聞いてるよ〉

だが、ランスロットはひるまない。

〈なんだその珍説は。証拠でもあるのか？〉

〈証拠というか。証言だけど〉

だめだ。

千香は歯ぎしりしていた。相手の方が口喧嘩に慣れている。事実をぶつけているのに言い負かされそうだ。

しかしワールドチャット上での旗色はそう悪くなかった。

〈みんなでランスロット軍団潰しちゃおうぜ。正義面してて気にくわなかったんだ〉

〈ログレスとか今の若い子は知らんでしょ〉

〈善良とか偉そうに言ってるランスロットさん、来るワールド間違えてますよ〉

面白がっている者がほとんどだが、中にははっきりとランスロット軍団のこれまでの振る舞いを疑問視する者もいた。

〈私はsyo1の探検記という本を読んだんだが、chika-chanの言うことを信じたいと思う〉

〈ランスロット軍団って、いつもタイミング良く現れるよな。やらせなら納得だわ〉

〈少なくともランスロット軍団と一緒に戦いたいとは思わんな〉

次々にワールドチャットにメッセージが並んでいく。しばらく千香は言葉の羅列《られつ》を眺めていた。数分過ぎた頃、ランスロットが言った。

〈何だよ。誰もいないのか？　僕たちと一緒に戦いたいやつは〉

　反応する者はいない。代わりに、ランスロットを糾弾するようなメッセージが並び出した。

〈ランスロット、お前こそ証拠出したらどうだ〉

〈お前が宝を独り占めする気がないって言うなら、今ここで誓えよ。宝を見つけたらみんなに配りますって〉

　メッセージは次々に投稿される。ワールドチャットをスクロールするのが間に合わない。

　巧己と祥一も意外そうだった。

〈こんな風向きになるとはね〉

〈ランスロットの奴、結構嫌われてたんだな〉

　苛立ちを隠さないランスロット。

〈いつもこうだ。破天荒なやつが人気を集めて、僕のように真面目な裏方は正当に評価されない。アーサーなんて、あんなやつただ、好き勝手していただけなのに、王様に担ぎ出された。今でも伝説として人気があるなんておかしいだろ。本当はログレスの管理をしていたのは僕なのに。人を集めて、戦争の計画を立てて、戦っていたのは僕なのに〉

〈ランスロット、何をぶつぶつ言ってんだ〉

〈僕こそが！　ログレスの王、この２Ｂ２Ｄの王にふさわしいって言ってるんだよ〉

〈そうだ、そうだ〉〈ランスロットさん、頑張れ〉といったメッセージが並ぶ。ランスロットの仲間たちだろうか。

〈王に逆らうようなやつは撃ち落としてやる。みんな、やれ〉

ランスロットの号令一下、それまで旋回していた戦闘機たちがいっせいに翼を翻し、ラグ・マシンめがけて急降下してきた。機首に据え付けられた大砲が火を噴き出す。操縦席の風防ガラスいっぱいに、炎の塊が迫る。

命中。

ラグ・マシンのあちこちで爆発が起きた。

〈まだまだ〉

戦闘機たちの第二波が、右斜め上から突っ込んでくる。魚が腹を見せるように左翼を掲げると、砲口が立て続けに閃光《せんこう》を放つ。赤い火球が降り注ぐ。音もなくラグ・マシンを貫くと、直後に爆発が起きる。

さすがにやや、速度が落ちたようだった。だが、ラグ・マシンはまだ飛び続けている。

ランスロットの要塞に向かって、まっしぐらに。

〈直接占拠しろ〉

あたり一帯に影が落ちた。

ラグ・マシンのさらに上から、巨大なエイに似た輸送機が覆いかぶさる。胴体のハッチが開き、中からプレイヤーたちがばらばらと、魚の産卵のようにまき散らされる。半分くらい、赤目のボットが混じっていた。

ラグ・マシンに取りついたプレイヤーたちは、這うように操縦席を目指す。何人かは風に巻かれ、転げ落ちていく。

それでもなお、ラグマシンは突き進む。

〈私は友達のために戦ってるだけ。ランスロットさんと王様の椅子を巡って争うだなんて、考えてもいないよ〉

千香は言った。

〈じゃあなぜ、挑戦してくる〉

〈そもそも私、別に問題にしてないんだ。モードレッド一味をやらせで作り上げてたことも、聖杯でハッキングされたことも。やられた！　とは思うけど。だって、２Ｂ２Ｄは「何でもあり」でしょう？〉

空中要塞にラグ・マシンが迫る。

巨大なもの同士がぐんぐん接近する様は、やけにスローモーションに感じられた。

ランスロット軍団のプレイヤーが何人か、操縦席に辿り着いた。ガラスを割り開け、千香を取りおさえるべく中になだれ込む。だが、すでにラグ・マシンは完全に衝突コースに入っていた。

〈何っ？〉

もはや、ランスロットに止める術はなかった。

〈ランスロットさんはそういう遊び方をする。私はこういう遊び方をする。私は友達がや

られたから、やり返すだけ〉

天が割れるような轟音。

空中要塞ジョイアス・ガードにラグ・マシンが突き刺さった。

ワールドチャットで野次馬たちの歓声が上がる。

二つの巨大兵器は火花を散らし、その鋼鉄の皮膚で互いを削り合って交錯する。床が、壁が、無数の破片となって、あたりに散らばる。

戦闘機たちのいくつかが、勢い余って空中要塞へ次々に突っ込んだ。そのたびに爆発と閃光が起きる。ラグ・マシンのてっぺんについていたアンテナや装飾品が跡形もなく吹き飛んだ。操縦席がもぎ取られ、ブロックの欠片となって散った。

空中要塞の腹を食い破り、反対側に半分ほど突き抜け、ラグ・マシンはようやく止まった。大きな裂け目が入った空中要塞の姿は痛々しい。その下で千切れた尾翼が宙をくるくる舞っている。戦闘機が一機だけ、胴体を半分失いながらも、よろめきながら飛び続けている。

巻き込まれたボットやプレイヤーたちの、大量の死亡ログがシステムメッセージに流れていく。その中に祥一や巧己のものがないか、千香は目を凝らしたが、ログが速すぎて追えなかった。

〈わからない。こんなことをして、何の意味があった〉

ランスロットが独り言のように呟く。

〈そして僕の見間違いでなければ、衝突の寸前、操縦席は空っぽだった。どういうことだ？　まさか〉

さすがにいい加減、ばれるか。

千香はため息をつく。

〈まずい。生き残っている戦闘機は、キャメロット城へ向かえ！　僕も行く〉

ランスロットが叫ぶ。戦闘機たちが反転し、一直線に飛んでいく。

〈陽動がばれたぞ、千香〉

巧己が言う。

〈大丈夫。もう、お城は目の前だから。私たちの方が早い〉

それだけ返し、千香は山道を走り続けた。横でツタ男がぼやいている。

〈本当に宝なんてあんのかねえ。アーサーがそんなもん残したなんて俺、聞いてねえぞ。地上絵でメッセージを残すってやり方は、あいつらしい気もするけど〉

〈わかんないけど、あるとしたらツタ男さんが見つけるんじゃないかな〉

〈何でそんなことが言えるんだよ〉

〈だって、もうここまできたら、そういう運命でしょう〉

〈お前、頭悪いこと言ってる自覚ある？〉

木をかわし、草をかき分けて走る。雪に足を取られそうになりながら山を越える。

行く手のクレーターの中、ようやくキャメロット城が見えた。大きな穴が開き、残骸だらけになっている。背後から戦闘機の轟音が響いてきた。

〈さあ宝を探そう、ツタ男さん！〉

11

初めから、狙いは宝だった。

ランスロット軍団への派手な宣戦布告、巧己や祥一の破壊工作、そしてラグ・マシンで注意を引きつけ、ボットたちも空中要塞の守りに引き上げさせる。そのすきに、ラグ・マシンが高山をかすめる瞬間、千香とツタ男は地上へと脱出。オートでラグ・マシンを突っ込ませつつ、キャメロット城へと取って返す。

そうして宝さえ先に見つけてしまえば、全てはこっちのもの。パワーバランスは逆転し、ランスロットも交渉に応じざるを得なくなる……というのが、千香たちの目論見《もくろみ》だった。

だが、その宝が見つからない。

〈ツタ男さん、あった?〉

〈いや、ねえなあ。かったい岩盤が見えるまで掘ったのに、何もねえぞ〉

〈ここじゃないのかな〉

千香とツタ男は、キャメロット城に開いた大穴を掘り続けていた。ラグ・マシンの下あたりはいかにもランスロットも見逃していそうな隠し場所だと思ったのだが、どうやら空振りだったらしい。

いったん地上まで上がり、空を見上げる。小さな胡麻粒《ごまつぶ》のようなものが数十、こちらに向かってくる。

〈早くしないと、ランスロットが来ちゃう〉

焦りで声が上ずった。

〈他に隠し場所の心当たりはない？　ツタ男さん〉

〈そう言われてもなあ。ガウェインは左の一番奥の塔に金庫があるとか言ってたかな。それから、いざという時に備えて、中庭にも物資を埋めたとか言ってたっけ。あるとしたらそのへんか〉

〈よし、私は左の塔を見てくる。ツタ男さんは中庭をお願い〉

〈へいへい〉

瓦礫の間を飛んで渡り、石作りの階段を下る。塔に辿り着き、石ブロックを掘ってみたが、何もない。そのうち堀の側に突き抜けてしまった。念のため何カ所か同じように掘り返したが、結果は同じだった。ここは外れか。

〈ツタ男さん、そっちはどう〉

〈今掘ってるとこ。今んとこ土しかねえ〉

〈私もそっちに行くよ〉

走りながら上空の様子を確かめる。もう、戦闘機たちはすぐそこを飛んでいた。

〈そうはさせないぞ、お前ら〉

ランスロットの声が響き渡る。整然と隊列を組み、戦闘機たちが太陽を背に急降下してくる。と、その時だった。一機の戦闘機が隊列を離れるなり、他の戦闘機に大砲を発射した。何機かが火を噴き、堀へと墜落していく。

ほんの一瞬だったが、戦闘機の操縦席に座っているプレイヤーの姿が見えた。巧己と祥一だった。

〈千香、俺たちが時間を稼ぐ。何としても宝を見つけてくれ〉

〈見つけたらすぐにワールドチャットで叫ぶんだ。そうしたら、全プレイヤーが証人になる。ランスロットにだって好きにはできないはずだよ〉

〈ありがとう、頼むね〉

何十機もの戦闘機が、たった一機を追い回し始めた。空はたちまち飛び交う閃光に包まれる。二人は乗っ取った戦闘機を見事に操縦しているが、そう長くは持たないだろう。

〈あがいても無駄だぞ〉

ランスロットの声。

千香はようやく中庭に辿り着いた。かつては花や彫刻が飾られていたのかもしれないが、今は茶色い土が丸出し。工事現場のようだ。その中心でツタ男がせっせと穴を掘っている。

〈ツタ男さん〉

〈早く手伝えよ〉

〈わかってる〉

千香も穴掘りに加わった。掘れども掘れども土ばかり。それでも諦めない。あたりを全部掘り返す勢いで、マウスをクリックし続ける。ふと、何か違う手応え。

〈あっ、これ〉

最初に出てきたのは石。その重石の下に、アイテムボックスが現れた。

〈これだ、絶対これだ！〉

千香は急いで周りを掘り返し、アイテムボックスを開いた。思った通り。中にはぎっしりと剣が詰まっている。これが宝じゃなくて何だ。

高らかに勝利宣言をしようと、メッセージを作り始めた時だった。

〈よく見ろ、チッカ〉

その剣を一本手に取り、ツタ男がぼやく。

〈これ、ごく普通の鉄の剣だぜ。宝でもチート武器でも何でもねえ。文字通り、ただの予備物資だ〉

〈そんな〉

千香の手から力が抜ける。

〈宝はここにはねえよ。残念だったな、ハハ〉

あたりが業火に包まれる。はっと空を見ると、巧己と祥一の乗っていた戦闘機は片方の主翼を失い、火を噴いている。かろうじてふらふら飛んでいるが、今にも墜落しそうだ。

勝ち誇るように戦闘機たちが上空を旋回する中、巨大な輸送機が降りてきた。そのハッチが開き、赤目のボットたちが雪崩のように飛び出してくる。

〈バカめ。そんなところ、僕たちがまだ探してないとでも思ったのか。さあ観念しろ〉

ボットたちは何百人という単位だ。対してこちらは二人っきり。完全に包囲され、呆然とあたりを見回すしかできない。

〈しゃあねえな。負けだ、こりゃ〉

ツタ男が呟き、ぽいと土ブロックを放り出す。

その時聞こえてきたインターホンの音が、千香を一気に現実へと引き戻した。

12

千香の心臓の鼓動が早まっていく。

「ううん、連れて帰る。試験の日も近いんだから。嘘ついてゲームしてたなんて、許したら本人のためにもならない」

階下からヒステリックな声がする。母だ。祖母がなだめているようだったが、分は悪そうだ。

階段の一番下が軋む音。二段目の音。近づいてくる。二階へと上がってくる。怒りと決意のこもった音だ。

〈何とかならないのかよ、千香。ツタ男さん、今こそ「クラレント」っていうチートを使ってくれよ〉

どうしよう。どうしよう。巧己の送ってきたメッセージに目を通すのが精一杯。

〈だから。クラレントは戦闘向きじゃねえって言っただろ〉

〈だけど、あんたはそいつでログレスの兵士たちをボコボコにしたんだろ？〉

〈しゃあねえな。じゃあ見せてやるよ〉

ツタ男が左手を出し、軽く広げる。あたりを囲むボットたちが一瞬、身構えた。

千香の背後でノックの音がする。

「千香ちゃん？　おばあちゃんだけど」

祖母の声。二人は一緒にやってきたようだ。

「うん」

「実はお母さんがね、直接話をしたいって」

「あと少しだけ待ってくれないかな」

千香の願いもむなしく、ノブが回り、二人が入ってきた。母は不機嫌そうな顔で腕組みし、祖母はどこか呆れたような雰囲気だ。

「ここにいるって聞いて驚いたわよ。勉強するだなんて言って、性懲りもなく。すぐにゲームをやめること。ただ、友達への連絡もあるだろうから、十分だけ待ってあげる。いいわね」

罪人に宣告でもするかのように母が言い、椅子の背後に立った。千香は項垂れるしかできない。

〈クラレント、発動〉

ゲームの中ではツタ男がそう言って、手を上げたところだった。

するとツタ男の指先、一本一本から黄色い雷が迸り、掌の上で渦を巻き始めた。同時に地面に何かが浮き上がる。このあたりの地図のようだった。

〈かっこいい。この電撃で、狙った地点を焼き尽くすってわけか?〉

〈ほー、そう思うか。じゃあ、食らってみろよ〉

ツタ男は上空をふらふら飛んでいる巧己たちの戦闘機に向かって、左手をひょいと振った。放電の光が逆巻き、空中に一瞬留まったかと思うと、無数に枝分かれした。

〈やめろ! 今度こそ墜落する〉

巧己の悲鳴。いくつもの雷が、目映く輝きながら放物線を描いて宙を走り、地に落ちる。

しかし、戦闘機はそのまま飛び続けていた。何か変化が起きたようには見えない。

〈アハハ、アハハ、怯えてやんの! やーいやーい〉

〈何だこりゃ。全くダメージ、受けてないぞ〉

不思議がっている巧己。祥一が呟いた。

〈もしかして、雷をプロットしているんですか?〉

〈お、よくわかったな〉

ツタ男の指さす先を千香も見る。浮き上がった地図に、黄色いドットが散りばめられていた。天気予報の画面に少し似ている。

〈その光ってんのが、ここ三十分以内に雷が落ちた場所だ。ほら、俺はアーサーの家を吹っ飛ばして遊んでたって言ったろ？　時々、雷が落ちて家が焼けちゃうことがあってさ。俺の攻撃と見分けがつかないと困るって言ったら、アーサーがこのチートを作ってくれたんだ〉

　しばらく考えてから、巧己が聞いた。

〈つまり、雷の落ちた場所がわかるだけ？　クラレントなんてかっこいい名前つけといて、そんだけ？〉

〈そんだけって言うけど、意外に大変らしいぜ。サーバーにバックドア仕込んで、ログをぶっこ抜いて来ないとならないとかで。それに見ろ、過去にどんどん遡《さかのぼ》ってチェックができるんだぞ。ほら、直近一時間だ。ほら、三日だ。三ヶ月、三年……もっともっとできる〉

時間を遡れば遡るほど、地図上の黄色いドットが増えていく。こうして見ると、あたり一面、ほぼ満遍なく雷が落ちているのがわかる。

〈ドットを選択すれば、何月何日何時何分何秒に落ちたかまでわかるぜ〉

〈こんなもので、どうやってログレスを滅ぼしたんだよ〉

〈わかんねえの、お前？〉

黙り込んだ巧己に代わり、やはり答えを出したのは祥一だった。

〈なるほど、プレイヤーの位置情報になるんですね〉

ツタ男が頷く。

〈そういうこと。現実なら、人がいようがいまいが雷は落ちる。だがここはゲームだ。プレイヤーがいる時にしか、プログラムは雷を落とさねえんだ。確率は〇・〇五秒ごとに十万分の一。つまり雷が落ちたなら、その付近にプレイヤーがいるってことだ。どんなに上手に隠れようが、雷の目は誤魔化せない。俺がやったのは、雷を辿ってログレスのプレイヤーを探し、後ろから刺す、これだけ〉

殺し屋に常に居場所を知られているようなもの。逃げようがない。

〈返り討ちにされることもあるけど、結局はしつこい方が勝つんだよ。みんな諦めてログインしなくなった。そうして滅びたのさ、ログレスは〉

〈じゃああんたは、人並み外れて異常にしつこかったのか〉

〈そうさ。他にやることもねえしな〉

ツタ男の背後で、雷が落ちた。見ると黒い雲がいつの間にか湧いている。

〈あれは、俺たちのために落ちてる雷かもな〉

ずっと地図を見つめていた千香は、ふと思いついて顔を上げた。

〈ねえ、ツタ男さん。家を直してた?〉

〈いきなり何だ、チッカ〉

〈家だよ。アーサーがいなくなってから、家とか建物、直した?〉

〈そんな面倒なことするわけねえだろ。俺はそのへんうろついて、適当に食っちゃ寝してただけだ〉

そうだよね。だとしたら、ちょっと変じゃないか。千香は黄色いドットで埋め尽くされた地図をもう一度睨む。

〈それがどうした〉

はっと息を呑む。

〈宝の場所、わかった！〉

メッセージを打ち込みながら、口でも同じように叫んでいた。背後で祖母と母とがぎょっとしたようにのけぞる。

〈千香、本当か〉

〈巧己、その戦闘機、もう少しだけ飛べる？〉

〈どんどん高度が落ちてる。無理、墜落する〉

〈じゃあボットたちの囲みに落ちてきて。東南に向けて突破口を開いて〉

〈よくわからないが、わかった〉

巧己の戦闘機が急旋回し、近づいてくる。途中からきりもみするように回転し始め、そのままボットたちの背後から中庭に突っ込んだ。ボットが吹き飛んでいく。包囲網に穴が開き、火が噴き上がる。

〈行こう〉

千香はツタ男の手を握ると、その火を目がけて走り出す。

〈おい、おい〉

〈運命は間違ってなかった。宝は、ツタ男さんが見つけるんだよ。いや、見つけなきゃダメなんだ〉

左右からボットが押し寄せてきたが、間一髪かわし、二人は火をくぐり抜ける。キャメロット城の瓦礫を乗り越え、堀に飛び込むと、泳いで対岸を目指す。

〈まだあがくのか。追え〉

後からボットが雲霞《うんか》のごとく押し寄せる。その先頭には、アロンダイトを抜いたランスロットの姿もあった。

ここで摑まるわけにはいかない。あとちょっとなんだ。

千香は必死にマウスとキーボードを操る。岸に着くと、今度は坂を上っていき、洞窟へと飛び込む。あたりが灯りで照らされた。いつかツタ男と来た道を、逆に辿るのだ。

〈どういうことなんだよ、千香〉

キーボードを打っている暇はない。千香は音声入力に切り替えると、パソコンに向かって叫んだ。

「ツタ男さん、ログレスやキャメロット城を名付けたのはアーサーだって言ってたよね」

声はそのままメッセージに変換される。

〈ああ、あいつはネーミングセンスが終わってるからな〉

「なら、ログレスが作った立派な城だけじゃなく、その前に住んでいた家もそう呼んでたんじゃない？」

〈当然だろ。あいつにとっちゃ藁葺《わらぶ》き小屋でもキャメロット城だし、棒きれだってエクスカリバーなんだ〉

ツタ男の言葉に、祥一と巧己は驚いたようだ。

〈そうなの？〉

「アーサーがログインしなくなったのは、新しいキャメロット城に行く前。そんなアーサーが『キャメロット城を探せ』と書き残した、この場合のキャメロット城は……」

〈そうか、古い方のキャメロット城！〉

「私とツタ男さんが出会った、あの場所。キノコみたいな形の屋根の、犬小屋と犬のお墓がある、あの家」

〈おいおいこれ、正解なんじゃないの〉

「あの家は綺麗なままだった。何年も経っているのに全く荒らされていない、新品同然。私、さっき確かめたんだ。地図に黄色いドットはついていたよ。何度か雷が落ちていて、直す人もいないのに、全く無傷だなんておかしいよね」

祥一が補足してくれた。

〈ガウェインのチートだ。「ガラティーン」、あらゆる攻撃を受け付けないバリアブロックを作る能力。宝の隠し場所を、アーサーはバリアで守ったんだ〉

「そう、宝があるとしたら、きっとあそこなんだ」

千香とツタ男は洞窟の中を走っていく。大量の足音が反響している。きっと後ろからたくさんの敵が追ってきている。

〈聞いたぞ。うかつだったな、そんなに大事なことをワールドチャットで話すなんてな〉

ランスロットに聞かれたようだ。きっと音声入力に切り替えた時にミスったのだろう。でも。

〈ここまで来たら、もう関係ない。どっちが先に辿り着くかどうかだもの〉

千香は走り続ける。やがて洞窟を抜けた。目的地まであと少しだ。何とか切り抜けられるか。

「そろそろ時間よ、千香」

腕時計を見て、母が言う。

「お母さん」

「十分できりをつけなさいと言ったはず。さあ、ゲームはおしまい」

母は近づいてくると、千香の肩に手を載せた。

「でも、今」

「お前、もう少し待ってやれないのかい」

祖母の取りなしも聞くつもりはないようだ。

「ゲームなんて遊びでしょう。人生に余裕があればやってもいいけど、今は大事なことに集中する時期なんだから。お母さんを怒らせないで」

同時に、画面でも大変なことが起きていた。

あたりの茂みからランスロット軍団のプレイヤーが現れ、千香たちを取り囲んだのである。

〈ちっ、先回りされたか。おい、チッカ、どうした。動きが鈍いぞ〉

〈ごめん、ツタ男さん〉

千香は母の腕を振り払うと、身を乗り出した。

「まあ、千香！」

母の声に耳を貸している暇はない。敵が繰り出す剣先を体勢を低くして避ける。そのまま相手に蹴りを入れ、何とか一人を吹っ飛ばした。だが、相手の方がずっと数が多い。

〈ちくしょう、ここまでかよ〉

ツタ男も懸命に応戦しているが、多勢に無勢。

だが次の瞬間、千香は目を疑った。ランスロット軍団の背後から、さらにプレイヤーたちが現れたのだ。それはランスロット軍団でもない、ボットでもない、野良プレイヤーたちだった。

〈よう、ランスロット、弱い者イジメしすぎじゃないの〉

ワールドチャットで盛り上がっていたプレイヤーたちが来てくれたらしい。

〈こんなお祭り騒ぎ、参加しないのは勿体ないもんな〉

〈この機会にランスロット軍団、潰しちゃおうぜ〉

〈私はchika-chanたちの方が2B2Dの宝を手に入れるにふさわしいと思う。だから加勢に来ました〉

装備も衣装もまちまちのプレイヤーたち。ある者は石斧を、ある者は木の棒を振るい、ランスロット軍団に襲いかかる。あたりはあっという間に乱戦となった。

「見て、お母さん！　みんなが来てくれた」

画面を指さして叫ぶ。母は困惑したように「えっ？　えっ？」と千香と画面を交互に見る。

「私たちに共感してくれたんだよ。世界中の、名前も知らないみんなが」

「何それ、どういうこと」

「絶対、負けられないってこと」

千香はキーボードにくらいつく。

〈さあchika-chan、行け〉

「わかった！　ありがとう」

野良プレイヤーに返事をすると、千香は再びツタ男と森の中へと駆け出した。もう行く手を阻むものはない。ゴールはすぐそこだ。

〈待て、chika-chan。待てと言ってるだろ〉

悲痛な声はランスロットだ。アロンダイトをふるい、押し寄せる野良プレイヤーたちを蹴散らして、単騎で追いすがってくる。

〈わかった、認める。僕は確かにボットでモードレッド一味を操り、宝を探していた、それは認めよう。だが、それは2B2Dのためにやっていたんだ。わかってくれ〉

「どういうこと？」

　走る足は緩めないが、千香はランスロットとの会話に応じた。

〈宝なんて、見つかってはいけないんだ。冷静に考えてみろ。そもそもゲームのアイテムを金で売るなんて、規約違反なんだ。少額だからこれまで見逃されてきただけの話で、こんな規模になれば開発会社も問題視する。するとどうなる？　サーバー管理人が訴えられるかもしれない。管理人がトラブルを恐れて、サーバーを閉じてしまうかもしれない。2B2Dが消えるんだぞ。考えたこと、あるのか？〉

　ワールドチャットが束の間、静まりかえった。

〈仮にそうならなくても、宝を見つけたやつが他のプレイヤーを虐殺し始めたら？　誰も遊びに来なくなる、過疎《かそ》化まっしぐらだ。優先キューや広告の売上も激減。サーバーは大赤字になって、やっぱり存続の危機になる〉

　千香も思わずランスロットの言葉に耳を傾けてしまう。

〈だから、宝は僕が手に入れるべきなんだ〉

　これにはワールドチャットが荒れた。何だ、結局それか。自分が独り占めしたいだけか。

ランスロットは〈違う！〉と一喝した。

〈僕たちは宝を隠し、管理し続ける。宝が見つかったことすら明かさない。その方がいいんだ、考えてみろ。宝を狙って新しいプレイヤーがどんどん入ってくる。いい宣伝になる。そこでは悪のチームと正義のチームが宝を巡って争っていて、初心者向けのサポートや使いやすいチートツールも用意されている。最高に盛り上がるじゃないか。僕以外に、こんなことができるやつはいない〉

〈全てはワールドの未来を考えてのこと、だったと?〉

祥一が聞いた。

〈そうだ、僕が唯一、そこまで考えている大人のプレイヤーなんだ。お前たちお子様を導くために、ボットを使って「演出」した。危険なプレイヤーをいざとなったら追い出せるよう、聖杯に「安全装置」を仕込んだ。陰謀なんかじゃない、責任感でやっている〉

ランスロットの言葉は止まらない。

〈ゲームはもう一つの世界なんかじゃない。現実の一部なんだよ。だから法律とか規約とかサーバーの維持費とか、世知辛い話が色々ある。お前らは遊ぶばかりで、何の責任も取りゃしない。ログレスの頃からそうだ! サーバー管理人と交渉するのはいつも僕。新規プレイヤーの勧誘も、サーバーのアップデート計画も、全部僕がやっていたんだ。わかるだろ? chika-chanと僕、どちらが宝を手にするべきか〉

「千香、いい加減にしなさい」

母に手を払われ、一瞬千香は立ち止まる。その隙にランスロットに追いつかれた。だが、画面から目は離さない。

「ツタ男さん、先に行って」

〈おう〉

ランスロットと一対一で対峙する。相手はアロンダイトを握りしめ、大きな盾も構えている。対するこちらは丸腰だ。

ディスプレイには、背後の母と祖母の顔が映り込んでいる。彼女たちも視野に入れながら、千香は言った。

「楽しいや好きだけじゃ生きていけないってこと、私だってわかってる」

音声入力されたメッセージは、ランスロットを含めて２Ｂ２Ｄのプレイヤー全員に届いているだろう。

「だけどここで生きる魅力は、何でもありの無茶苦茶さにあるわけでしょう。ランスロットさんの言う、管理された２Ｂ２Ｄは色褪せてしまうと思う」

母親が、瞬きした。

千香の必死な顔、真剣な瞳、だけど少しだけ浮かんでいる充実感に溢れた笑みを、目を丸くして見つめていた。

「そっくりじゃないか」

祖母が微笑んだ。

「ピアノに夢中になっていた頃のあなたと」

母親の手は震えた。

〈ふん、甘っちょろいお子様の考えだな〉

「人生には、ゲームよりも大事なことがあるって、私にもわかってる。だけど好きな気持ちに嘘ついたら、その後全部、嘘になっちゃうんだ。だから私は」

千香は大きく息を吸ってから、叫んだ。

「好きなことを、ちゃんと大事にするんだ！

一瞬あたりが静まりかえった。ゲームの中も、現実も。

〈そうかい。なら、戦うしかないな！〉

ランスロットが剣を突き出した。寸前で千香は身をかわす。だが、次々に繰り出される攻撃に回避が間に合わない。少しでも反撃したいのに、キーを押す暇がない。歯を食いしばって抗《あらが》うも、少しずつ押し込まれ、やがて崖に追い詰められてしまった。

「よこしなさい！　千香」

そこで母が強引に身を乗りだし、千香の手からキーボードを奪った。

「お母さん」

だが母は、思わぬことを言った。

「このボタンで避けるのね？」

「えっ」

「私が防御するから。千香は攻撃するのよ、さあ」

母は有無を言わさずパソコンの前に半身をねじ込むと、キーボードを鋭く叩き始めた。ピアノで鍛えた力強い運指。ランスロットの攻撃を華麗にさばいていく。僅かながら、相手の速度を上回っている。少しずつ、こちらに余裕が出てきた。

これなら。

「そうよ、あなたならやれるわ」

「お母さん」

「だって、私たちの娘だもの。きっと大丈夫」

横で母が微笑んだ。

「いけっ、千香！」

母の声に背を押され、千香は狙い澄ませてマウスのボタンを押し込んだ。

ランスロットの手から剣が弾き飛ばされ、空中で一回転して、地に落ちた。

13

一瞬の隙で、勝負が分かれた。

武器を失い、体勢を崩したランスロットに、後ろから何人かの野良プレイヤーが飛びかかる。あっという間にもみくちゃ。プレイヤーたちが絡まり合い、団子となり、その下の方でランスロットは押し潰されていた。

〈ナイスファイト、千香〉

団子になった中には巧己と祥一の姿もあった。どこをどうやって追いついてきたのか。きっと燃える戦闘機の中から脱出し、懸命に走ってきてくれたのだろう。

〈みんなのおかげだよ〉

〈離せ、バカ、こら〉

ランスロットはまだぶつくさ文句を言っている。しかしこうなっては、もはや彼も動けない。

〈それより千香、宝は〉

〈そうだった〉

千香はランスロットに背を向け、走った。あのキノコのような屋根の家は、すぐ目の前だった。こじんまりとした畑、札のかかった犬小屋、あたりを覆う花畑。ここを通ったのはほんの少し前なのに、懐かしく感じる。

家の横に、ツタ男が立っていた。

隣まで走り寄ると、千香はツタ男の顔をそっと覗き込んだ。

〈チッカか〉

〈うん。宝、見つかった?〉

〈見ろよ〉

ツタ男が手を突き出す。その手は壁にぶつかる寸前で止まる。見えない力場《りきば》に押し返されているようだ。

〈バリアブロックで囲まれてる。何度も来てるのに、気づかなかった。アーサーがいなくなってから、壊そうだなんて考えもしなかったからな〉

〈おいこら、お前ら、宝を探すな！　僕に許可を取ってからにしろ〉

ランスロットが叫ぶ。一部のプレイヤーは、あたりを掘り返そうとしているようだ。

〈うるさい、早い者勝ちだい〉

だがその手も虚しく空を切る。見えないだけで、あちこちが守られているらしい。

〈チッカ、これ何だかわかるか〉

ツタ男の視線の先、森の手前に石ブロックの塊がある。漢字の「回」と同じ形。何の変哲もない光景だ。

〈何だろう、井戸かな〉

ツタ男はそっと手を伸ばす。バリアに遮られ、手は届かない。

〈そう、井戸だ。俺が最初にアーサーの家を吹っ飛ばした時、その井戸だけが残った。仕方なくアーサーはここで一夜を明かしたんだ〉

そうと知らなければ気づかず通り過ぎてしまうだろう。また少し歩いたところに、焦げついた切り株が一つ、草の中にぽつんと佇んでいる。これもバリアで守られていた。

〈この時は、横の森まで爆破しちまったんだ。そうしたらたまたま、プレイヤーが隠れてて、キルしちまった。どうもそいつは、一緒に遊ぼうと声をかけるタイミングを窺ってた

らしいんだが。この切り株は、そいつが潜んでた跡だよ。あん時は笑ったなあ〉

〈おい、いつまでもつまらないことを覚えてるんじゃない〉

ランスロットが茂みから飛び出してきた。野良プレイヤーを何人か引きずりながらである。凄い執念だ。

〈あれがきっかけで、ランスも一緒に遊ぶようになったんだったな〉

〈いいから！　それよりも一体どこなんだ、どこに宝はあるんだ〉

〈ランスよう〉

ツタ男がやれやれといったふうに肩を竦ませた。

〈アーサーにしてやられたな。どうも、これが宝みたいだぜ〉

しばらくランスロットはきょとんとしていた。

〈何。これが宝って……え？〉

〈だから。あいつが残したかったのは、思い出なんだろうよ〉

なるほど、と祥一が歩み出る。

〈アーサーの言葉には、こうあるね。「在りし日の栄光を求めるなら、我が城を探せ。宝は全てそこに隠した。友よ、魂はいつも共にある」。アーサーにとって、栄光とは世界征服などではなく、みんなで楽しく遊んだ時間だったんじゃないかな〉

祥一の言葉に、巧己がへたり込んだ。

〈え、お金、ないの？〉

ランスロットもまた、呆然と立ち尽くしている。

〈まさか。さんざん人を振り回しといて、あの野郎〉

そして、がくんと項垂れた。

〈そうだ。思い出したよ。そういう奴なんだ、アーサーは。自分勝手で、自由で、後先を考えない〉

気だるそうに、ランスロットはそのまま大の字に寝転んでしまった。空に浮かぶ太陽を見つめて、ぼそりと言う。

〈でもそんなところが、一緒にいて面白かった〉

同じように宝の正体にがっくり来たのだろう、呆けているプレイヤーたちがあちこちにいた。

千香はくすっと笑ってしまった。

〈良かったじゃない。十億円の宝なんてなくて。これからも「何でもあり」で遊べるんだから〉

〈そうだな。そうかもしれないな〉

呆れたようにランスロットは呟くと、両手を挙げた。

〈降参。僕の負けだ。chika-chan。君たちの「聖杯」は解除するよ〉

〈よろしい。また遊ぼうね〉

〈ああ。まあ、何だろうな。久しぶりに……ちょっとは楽しかったよ〉

思わず笑みが浮かんでくる。

私も。

〈ありがとな、アーサー〉

ぼそりと呟いたツタ男は、身じろぎもせず、あたりの光景を見つめていた。

ふと千香は小鳥のさえずりを聞いた。パソコンのディスプレイから目を離すと、窓の外ではうっすらと空が明るみ始めている。母と祖母の姿はすでになかった。

「先に休みます。終わったらちゃんと片付けて、寝ること。試験が近いんだからね」

メモ用紙に書かれた手紙が一枚、机にそっと置かれていた。

14

霊園はまるで蟬のコンサート会場だった。

木漏《こも》れ日の下、目を閉じて手を合わせていると、残暑の熱気に肌から汗が滲み出てくるのがよくわかる。線香の匂いと、蚊が飛ぶ気配。色々と心の中で報告をして、千香は最後にぺこりと頭を下げ、目を開けた。

祖父の眠る墓は、静かに佇んでいる。

「しっかり挨拶できた?」

「うん」

母が虫除けスプレーをもう一度かけてくれた。つんと来る匂いに顔をしかめる。

「試験の結果も報告したの」

「うん。目標にちょっと届かなかったけれど、次はもう少し頑張るって」

結果は四百十五点。直前までゲームをしていたことを考えれば、むしろいい手応えとも言えた。

「次回に期待ね」

「今は一番やる気あるかも。ポルトガル語もやってみたいし。やっぱり目標があると張り合いが違う」

「何でポルトガル？」

「ゲーム友達と話してみたいんだ。ランスロットさんはオーストラリアの大学院生だから、英語でいけるけど。ツタ男さんは英語苦手らしいから」

箒で簡単に墓の周りを掃除しながら、母は優しい目で千香を見た。

「千香、この夏でまた少し大きくなったわね」

「そう？」

「さて、そろそろ行かないと」

腕時計を確かめてから、母は墓参りの道具を片付け始める。

「待ち合わせは三時だから、まだ余裕あるよ」

「でも、巧己君たち拾っていく時間も考えないと」

「あ、そっか」

千香も母を手伝った。最後に二人で、もう一度墓に向かって手を合わせた。

「おじいちゃん、幸せだったと思うよ。千香と遊べて」

「そうだったらいいな」

一つ風が吹いて、あたりの木々を揺らした。生い茂った葉の間から覗いた青空は、澄み切っていた。


「そんでさ、俺怒られちゃったよ、彼女に」

母の運転する車の中、巧己が後部座席で話している。

「学費の心配なんて、あんたにされたくないって。意地でも国立行くから気にすんなと」

祥一が感心したように頷いた。

「素敵な女性だね」

「私に養《やしな》われるのが嫌なら、お前も死ぬ気でいい職につけってさ」

巧己は頭をかき、ちょっと悔しそうに俯いた。

「早く大人になりてえな」

「それは僕も同意するよ。十八歳以上にならないと、胸を張って国会図書館が利用できないからね」

「それはよくわかんないけど。また何か、調べ物してるのか」

「今僕は、一連の2B2Dにおける歴史的な出来事を、様々な現実の事例と照らし合わせながらレポートにまとめているんだ。資料はいくらあっても足りないよ。そうだ二人とも、後でインタビューの時間をくれないか。君たちは生き証人だからね」

「インタビューって、どれくらい」

「とりあえず五時間くらい」

「長いなあ」

ウインカーを鳴らしつつ、母がくすくす笑っている。

「もうすぐ空港につくわよ」

助手席で千香が顔を上げると、ちょうど飛行機が一機、離陸していくところだった。

「送ってもらっちゃってすみません。ありがとうございます」

「いいのよ、ついでだから。それより千香、そろそろ三時だけど」

「うわ、ほんとだ」

駐車場は混んでいて、なかなか場所が見つからない。千香はスマートフォンを摑むと、シートベルトを外した。

「ごめんお母さん、私、先に行かせて」

「いいけど、もう数分で停められると思うよ」

「遅刻したくないから」

「まあ確かに、ルーズな国民性だと思われちゃうものね。その人、日本に遊びに来るのは初めてなんでしょう」

「それもあるけど、今度こそ、絶対に不安にさせたくないの」

車を歩道に寄せてもらい、ドアを開けると千香は飛び出した。約束の時間まではあと数分。自動ドアをくぐり、旅行客たちの間を駆け抜ける。高い天井に、どこまでも続くようなエスカレーター。柱に貼られたフロアガイドを見て、また走り出す。

二階に上がり、到着ロビーと書かれた札を確かめ、あたりを見回した。

その人の姿は想像していたのとは少し違った。だけど雰囲気ですぐにわかる。

背が高く、肌は浅黒く健康的で、長い黒髪をストレートに下ろしている。真っ青なタンクトップにジーンズ。年は二十くらいだろうか。目鼻立ちがくっきりしていて、どこか怒っているようにも見えるが、時折目を伏せて腕を組み直しては、白い柱にもたれかかる。

一見ぶっきらぼうだけど、本当は寂しがり屋。

手を振りながら、千香は走っていく。この日のために覚えたポルトガル語の挨拶を口にしながら。

その人が振り返った。目を丸くして、白い歯を見せて、両腕を広げた。

「チッカ！」

まっしぐらに彼女の胸に飛び込んでいく千香。背負った鞄に、褪せた緑色のキーホルダーが揺れていた。

装画　かもなべ
装丁　野中深雪

初出　別冊文藝春秋二〇二二年三月号〜二〇二三年三月号

二宮敦人（にのみや・あつと）

1985年、東京都生れ。2009年『!』でデビュー。『最後の医者は桜を見上げて君を想う』に始まる「最後の医者」シリーズは50万部を超えるベストセラー。ノンフィクションでは16年に発表した『最後の秘境 東京藝大　天才たちのカオスな日常』が大ヒットを記録。他には『世にも美しき数学者たちの日常』、『紳士と淑女のコロシアム　「競技ダンス」へようこそ』など。エッセイ集に『ぼくらは人間修行中　はんぶん人間、はんぶんおさる。』がある。フィクション・ノンフィクション問わず著書多数。

サマーレスキュー　夏休《なつやす》みと円卓《えんたく》の騎士《きし》

2024年7月30日　第1刷発行

著　者　二宮敦人《にのみやあつと》
発行者　花田朋子
発行所　株式会社 文藝春秋
〒102-8008　東京都千代田区紀尾井町3-23
電話 03-3265-1211

印刷所　萩原印刷
製本所　大口製本
DTP制作　言語社

万一、落丁・乱丁の場合は送料当方負担でお取替えいたします。
小社製作部宛、お送り下さい。定価はカバーに表示してあります。

ISBN978-4-16-391875-4　　Printed in Japan